だいわ文庫

# 人生は、いいものだけを選ぶことはできない

曽野綾子

大和書房

# 約七十年の作家生活の言い訳

## はじめに

いい書物を作ることに強欲な編集者は、必ず本の「まえがき」を書くように言う。すると、いい加減な作家は、また、言い訳を書く場を与えられたような気分で、気楽に「まえがき」でも「あとがき」でも書くのである。

本一冊になるほど、たくさんの「まえがき」を書いた記憶も自覚もなかった私は、こういう点に目をつけて下さった編集者がおられたことに感動した。

ここに集められた短文は、すべて過去に出版された四十五冊の本の「まえがき」か「あとがき」なのだが、これらは、その本の内容に対する言い訳か、弁解か、責任逃れかの意図を持つもののような気がする。

私は生まれつき近視だったが、書く時の私は、近眼の作者らしく、眼は対象に近づいていて、客観性を失っている。しかしそれが数年後にまとめられて本になる頃は、視点と内容との間に、やや距離感という名のずれが生まれて来る。その間隙《かんげき》を別に埋める必要はないのだが、多分本能的にそのような悪あがきの姿勢で書くのが、「まえがき」なのだろう。

考えてみると人間は、実に多くの言い訳をして生涯を生きて来る。寝坊した理由、宿題をしなかった事情、休んだ言い訳、遅くなった原因、別れる口実。

本当は、人は誰でも自白を強《し》いられている犯人でもあり、生涯「嘘《うそ》をつく」ことで金を稼ぐ小説家でもある。私の夫、三浦朱門《しゅもん》は、初めて会って間もなく、「ボクは嘘つきです」と言ったが、こういう言葉を口にする人物は、本物の嘘つきなのか間ぬけな正直者なのか、とまだ若かった私は、本気で考えたものである。

テレビ・ドラマに出てくる警察の取調室のような空間に、私はまだ入ったことはないのだが、もしかすると「まえがき」は取調室のようなものなのかもしれない。まだ本当に自白してはいないが、平凡で小心な犯罪者は、その部屋に入れられた瞬間から、もう心の底には穴が開いていて、そこから本音の部分が洩《も》れ出しているのである。

言い訳をする限り、人間は自白者であり嘘つきである。もしかすると多くの人が、一生を通じて「まえがき」を書き続けるものなのかもしれない。「まえがき」を書くということは、不純な意図を持って生きているということだ。

いつの日か、人間は生涯に一度だけ「あとがき」を書く場合もある。昔の人は辞世の句を書いた。恐らく死のはるか前から、用意していたのだろう。しかし多分、私はそのような別れの言葉は書かない。私は劇的であることが、あまり好きではない。

しかし今回のように、「まえがき」を書かせてもらう機会を与えられることはしあわせな限りだ。私はまだ、平凡に生き続けている、という証拠なのだから。

曽野綾子

1953年、聖心女子大学卒業写真

人生は、いいものだけを選ぶことはできない◎目次

## 第2章 完全な善人も完全な悪人もいない

## 第3章　人間のすることに完璧などない

# 第4章 会って、その人の顔を見るということ

## 第5章 凡庸ほどむずかしいことはない

終章　何事にも充分に出逢ってから死ぬのがいい

# 第1章

## たいていの物事は、いいことと悪いことの抱き合わせである

1955（昭和30）年、23歳。作家デビューして間もない頃。
（撮影：田沼武能）

# 生きることは変わること

## 真面目と不真面目の間で

恥ずかしい話だが、私はずっと自分の生き方に信念を持ったことがない。もちろん瞬間的には、私は自分の好みで生きている。人と同じ料理を注文することも滅多にないし、人にどう思われるかと心配することもあまりない。

良くても悪くても、自分が好きなことをやっているのは、日本の国家も社会もそれを許す冷静さと寛大さを持っているからで、もし思想の統一が厳しくなったら、私は気が小さいから、すぐさま節を屈するだろうと思うのである。

私は長い人生の旅をして来た。解釈が変わることは始終あった。私はそのことで自分を責めることをやめて、「人間は変わるもんだ」と呟《つぶや》いて来たのである。生きているのだから、むしろ変わらない方が異常とも言える。それが旅路というものだ。

旅というものを、楽しむ人と苦にする人とがいる。旅行なんかするより、住み馴れた自分の家に落ちついている方がいいという人もいる。

しかし必要があって旅をする時には、私は多くの場合、旅を楽しんで来た。旅は変化そのものである。変化があれば発見がある。馴れない環境で失敗をすることもあるが、人生とはこういうことだったのか、と教えてくれるのが旅である。

あえて成長とは言わない。しかし旅によって私は変わって来た。変わった自分を見るのは面白い。だからもし私と同じような性癖の人がいたら、その人にも旅をして、変わることをすすめようと思う。

変わるためには、いくつかの要素が要《い》る。不真面目さも要るし、変化後の自分を認識するいささかの真面目さも要る。不真面目でないと現状を打破できない。しかし変化の結果を味わうには真面目さも便利なのである。

決して無神論者に変化を求めるわけではないが、神仏は人間の才能のすべてを、適切な場でお使いになる、と私は感じている。

いいものだけを選ぶことは、私たちにはできない。

たいていの出来事は、良さと悪さが抱き合わせで現れる。簡単な話だが、何かいいことをしようとすると、人間は疲れることを覚悟しなければならない。怠け者は、疲れるからしない、という。それも一つの選択だと思うことがある。しかしこれは、やはりやるべきだと考えると私たちは計画を遂行し、後でへとへとになって後悔したりすることもある。

しかし、それでいいのではないか、と私は思う。もともと疲れたくないなら、旅なんかしなければいいのだ。お金を出すのがいやなら、人づきあいもボランティアもしなければいいのだ。

人間は時には利巧なこともするが、それと同じくらいバカなこともする。利巧なことができたら運がよかったと思って喜び、バカなことをしてしまったら毛布をかぶって寝ることだ。そのどちらも大して大きな差はない。私たちのやることは、すべてその程度のものである。だから総理大臣や閣僚にはならないことだ。政治家の愚かさは、大勢の人を巻き添えにする。

大切なことは、自分の生涯をつき放した眼で見て面白がることだ。失敗して迷惑をかけていたら「ゴメンナサイ」と言い、感謝されたら「ホントかな」と半信半疑でいることだ。

その程度の不真面目さで生きていたら、私自身も息切れしないでいられるかもしれないし、家族や友人も気軽に私を受け入れてくれるかもしれない。

『人生の旅路』

# 平気で他人に決断を委ねる人たち

## 後悔しない人生のために

私の幼時は、決して幸福で順調ではなかった。父母は不仲な夫婦で、私は家を火宅《かたく》と感じていた。つまり家は安心して休めるところではなかったのである。

戦争はもっとも強力な破滅的な力だった。私のローティーンは、アメリカの艦《かん》載機《さいき》や爆撃機による空襲、戦争の結果としての貧困が、その主な記憶である。音楽や映画に夢中になるとか、きれいな服を買ったりファッションを夢見るなどという生活は、考えたこともなかった。しかし私たちはその中で充分、人間として鍛えられていた。戦争はどこから見ても忌避《きひ》すべきものだが、全く意味がなかったわけではない。私たちは苦労して、そのおかげで大人になった。

東日本大震災の時にもその後にも、戦争を体験した世代は、全く動揺していなかったのは、実に不思議なことである。

二〇一一年に、既《すで》に七十代後半になっていた世代からみれば、地震と津波、原発の事故などというものも、いつ脱けられるかわからない何年と続いた戦争の恐怖と貧困からみれば、何のこともない、という感じだったのである。

第一、戦争の時は、沖縄から北海道まで、程度の差こそあれ、国中が傷つき、病み、疲れ果てていた。今回は神奈川県より西は、とにかく無傷である。半身マヒで済んだのだ。半身が動きさえすれば、必ず傷ついた半身を助ける。時間がたてば必ず全身も回復する。

東日本大震災は、賢くて礼儀正しく耐えることも知っている日本人を世界に示しもしたが、同時に規則が与えられていなければ、自分では何の決断もできない日本人の幼さの一面も露呈《ろてい》した。もちろん私たちの多くは都市型の社会構造の中で生きているので、政治的配慮や法律がなければ日常生活も成り立たない。まったく一人でジャングルで生きるターザンとは違うのである。

しかし最終的には、人は自分の行動を自分で決めるほかはない。それ以外に後悔しない人生を生きる方法はないのである。だからそれをできない子供のような大人は、やはり悲劇を生きることになる、と言ってもよさそうだ。

それにもかかわらず、いざとなると、日本人は平気で決断を他人に委《ゆだ》ねて来たところがある。甘やかされた子供はいつの間にか、親や周囲が決めなければ自分では何も決められない人間に育つ。文科省と教師が何を教えようが、それが間違っていると思われるなら、個々の家庭でそれを正すべきなのだが、そんな勇気を持つ親はほとんどいない。

戦後、いつの間にか完全に日本人の生活から失われ、しかも国民はそれが消えたことにさえ気がつかなかったものは、勇気であった。

ギリシア人は、「勇気」「徳」「奉仕・貢献」を一つの観念として同じ言葉で表した。人が大人になるためには、確かにこれらのものを持たねばならないのである。

二〇一一年三月十一日に起きた東日本大震災は、二万人以上の人々の命を奪った。その事実の重みは消しようもないが、もし私たちが災難をただ災難としてしか受け止めなかったら、それは不幸に負けたことになる。私たちは、どんなことからも学ぶ時、厚みのある人生を送れるのである。

文庫『なぜ子供のままの大人が増えたのか』

# 成功とは何か

## 人生の深淵を覗く

小説は、「どのていどほんとうのことを書くのですか？」という質問を、世間から受けた作家は多いと思う。それに対して、私は昔から、「事実を書かず、真実を書いています」という答え方をして来た。その実感は多分死ぬまで変わらないだろうと思う。

つまり事実などというものは、自然発生的なものだから骨組みがしっかりしていなくて、とうていそのままでは小説にならない場合が多い。「事実は小説よりも奇なり」と世間は言うけれど、そのまま書けば小説として完成することなど、多分、私たち玄人の世界の小説作法ではほとんどありえないものである。小説は、表面に隠れた真実を掘り出し、泥を払い、あるいは改めてわざと泥をまぶし、それらしくむだな部分を省いて並べ替えるという操作が、私の場合必要になって来る。

『ある成功者の老後』というこの短編集に集められたものは、すべて私の現実の生活と、私の心理的真実とがない交ぜになったものである。私が体験した表面的な事実と、私の心理の深層が絡《から》み合った精神的世界が一つの世界を生んでいる。

これらの小説を書いた年代は、一九八八年から一九九九年の間ということになっていて、私が実生活と創作の世界との配分をかなり無理なく、自由に行っていた時代と言える。ということは、私は現世の義理だの雑務だのに追われてもいたが、一方で私の内的な世界に没頭できる時間も残されていたことを示している。それは理想的な比率とは言えず、私はもう少し書く時間がほしいといつも感じてはいたが、人間の暮らしというものは多分そんなものだろう、と思われる程度の混沌の中にあった。

そもそも日々の暮らし方というものは、とうてい人間には決められないものだろう。後で考えると、もしかするとこれは神のシナリオによって動かされているのではないか、と思うような時間の配分の仕方になっている。もし人間が自分の好きなように人生の時間割を作ると、実におもしろくない理詰めのものになるのではないかと思われるのだ。

そうした思いがけない時間が私を鍛え、創り、癒し、諦《あきら》めさせ、つまりは善でもなく悪でもない私の人生の一部を形成したという思いがすべての作品の中にこめられている。

中でも「農夫の朝食」の舞台になった場所と状況は、数十人が私と同行していたのだから、もしかするとその経緯をよく覚えている人もいるかもしれない。当時、私は毎年一回ずつ、視覚や身体に障害のある人たちと、イスラエルなどの外国を旅行していた。その旅は結果的に二十三回（当時）、つまり二十三年間続いたので、その旅の間に私たちは「予定外」や「想定外」の人生を数多く見たことになった。

旅の途中で飛行機や列車がストに巻き込まれたことは何度もある。予定した空港に雪のために着けなかったこともあり、一度などは成田空港の手荷物受取所で待っている時に、作業員が数人亡くなったテロの爆発事故に遭ったこともある。

私は爆発音と共に荷物の出口から吹き出す爆発を感じ、付近にいた盲人の参加者の何人の手をひいて逃げられるかをとっさに考えたくらいだった。

「農夫の朝食」のモデルになった年の旅でも、フランスの列車はストをしたのであった。旅の間中、時には添乗員の助手のような仕事もしていた私が、旅行代理店の予定もかまわず、強引に平凡な村のレストランにバスを立ち寄らせ、ごく普通の旅行者のように、平凡な朝食を食べようとしたことも事実なのである。

しかしその田舎町のレストランのテラスの、私と同じテーブルに、ここで描かれているような髭面の男がいたことを目撃した同行者は、一人もいなかったはずである。いや時々、こういう場合、「私は見ました」と言う人はいる。神はおもしろいことをなさる方だから、時には人間に錯覚もお贈りになる。

とにかくこの短編は、現実には旅のちょっとした不都合が生んだ作品なのだが、多分、私の心の深奥から吹き出した人生の深淵を覗かせる代表作の一つにはなったのである。

『ある成功者の老後』

## 「他に何か要るものありますか？」

### スニーカーはあげない

私は長い年月、短編を書くのを大切に思って来た。

長編は油絵的に書いた。絵の具を削ったり、改めて色を載《の》せたり、いくらでも粘り強く描き換えがきくのが長編である。それに対して短編は墨絵の一筆描きであった。直しはきかない。その代わり構図は一瞬の内に決まっていた。

個々に収められた短編は、どれも私の実生活上の体験を元にした虚構である。虚構は事実ではないのだが、真実の要素はまちがいなく含んでいる。長い年月の後に読み返してみると、私の性格の暗い歪んだ部分が作品のどこかに居座り、ほとんどテーマは同一であるかもしれない。つまり現世の原型は悲しみだという単純な抜けがたい思いである。

しかし現世が暗いからこそ、人は生きる力と希望を見出して生きるほかはない。

この中の一つの短編の舞台になった南米の或る町のことを私は思いだす。そこで私は一人の日本人の修道女に会った。貧しい修道会で、貧しい社会の人々のために働いていた。私たちは旅の途中に持っていた品物をすべてあげた。自分用だった醤油やマヨネーズの小袋も、ティッシュも、肌着も。

おかしかったのは、眠れない日のために持っていたウィスキーの瓶まで、取りあげられたことだった。「まさか修道院でお酒は要らないでしょうね」と私が言うと「どうして要らないんですか。うちのシスターたちは、お酒も強くて、お祝い日には楽しく飲みますよ」と言うから、あげないわけにはいかなくなったのである。

手荷物が軽くなったと感じるほど、持ち物をすべて修道院の玄関に残して車に乗った時、私は車の窓を開けて最後にシスターに声をかけた。

「他に何か要るものありますか?」

それは一種の「お愛想」というべき言葉だったのに、門の前のシスターからは元気な声が返って来た。

「曽野さんの履いているスニーカー！」

「冗談でしょう!?　私を裸足にするつもり？　じゃ、さようなら！」

私は冷酷に車を出させた。シスターは笑いこけている。この国では、新しいスニーカーを履いている人は、時々強盗に襲われてスニーカーを取られるのだが、シスターは決してそんなことをしなかったわけだ。

今身につけているものは、すべて父なる神からもらったと思い、それを返すために裸になったと言われるのが、裕福な織物商の息子として生まれたアッシジのフランシスコである。しかし私は裸どころか、裸足になっただけで痛くて一〇メートルも歩けない。だから利己的な私はスニーカーは人にやらない。一方でシスターの履いていた靴は、もうぱっくり口が開きそうにやぶけていて、歩く時注意しなければならないような代物だったのである。

それから二十年もたって、私は二度目に足首を折り、チタンの金具や釘を入れたままの状態でまだ始終腫《は》れる足を引きずってマダガスカルに出かけた。日本に帰ったら、軽い痛みの原因にもなっている釘を抜く手術を受けるはずであった。

マダガスカルでも私の知人の日本人のシスターは、設備が整っているので有名な病院で看護師として働いていた。帰り際に私は、「釘抜きの手術を受けるんだったら、シスターの病院でしていただけばよかったですね」と言った。

私には私なりの計算があったのである。ここで手術をすれば、多分日本より安く済むだろう。その上、マダガスカルで入院を体験すれば、またおもしろいエピソードも増えるだろうと思ったのである。エイズだの、肝炎だのの感染を恐れる人もいるが、私はそういう心配はあまりしないたちだった。

するとシスターも「曽野さんがここで抜釘《ばってい》手術を受けるんだったら、歓迎ですよ」と言ってくれた。その時、私は思ったのだ。多分私はここでは金持ちだというこことで特別病室に入れられ、それが病院の収入になるのだな、とうぬぼれたのである。しかしシスターはすぐに言葉を添えた。

「だって、曽野さんがここで手術を受ければ、足の中に入っているチタンの釘をおいて行ってくださるでしょう。マダガスカルにはチタンの釘なんてありませんから」

二十年前、私は履いているスニーカーを狙われた。今度は足の中の釘であった。世界は、現実にいつもそれほどの貧しさの実感で連帯していた。進んでフランシスコの道を選ぶ賢者も現実にはいるのだが、私は二度共、自分の持っているものをその場で捧げはしなかった。ただ狙われたことは、温かく、光栄に感じた。

チタンの釘は、日本で受けた手術の後、マダガスカルのシスターに渡された。折しも金属の値段が上がりかけていた時期だったので、「それを売れば少しは金になったのになあ」と笑った友人もいた。

この短編集の中のすべての作品は、東日本大震災前に書かれたものだが、震災前の日本人の多くが口にした「安心して暮らせる生活」などというものがこの世にありはしないことだけは、私はずっと早くから肝《きも》に銘《めい》じていたのである。

『叔母さん応援団』

# 親が亡くなった後で気づくこと

## 人間の複雑さを理解するために

「親の計《はか》らい」などというものを感じる子供は、近年少なくなっている。

実は、親の計らいを感じる能力というものは、決して教育の程度や知能の高さによってつくものではないのである。それは、その人の或る種の才能によるのだと言うほかはない。

第一の要素は、その当人の人間観察の能力の程度にかかっている。親のみならず、人間関係というものは、いちいち相手に、「これこれのことを君にしてあげるよ」とはあまり言わないものだ。それは体の不自由な人が階段を降りる時、実は痛みを覚えたり、落ちやしないかと不安を感じたりしながら黙っているのを、傍《かたわ》らからそっと見守るような人間関係なのである。

その黙して語らぬ気持ちの流れを、理解するかどうかは、あくまで当人の資質である。

ほんとうは、人間は歩き方、喋り方、靴の脱ぎ方、買い物の仕方、犬や猫のあしらい方、スープの飲み方などにも、その人の生活は現れるものだろう。それがまた無限におもしろい。

それらの特徴は、しかしいい悪いの問題でもない。確かに下品な振る舞いは見ていてもいやなものだが、反対に上品に振る舞うことしか知らない人がいたら、少なくとも私はその人を敬遠したくなる。だから根本はあくまで、その人が、複雑で深い人間的な心に溢れているかどうかなのだ。

第二の要素は、その人（立場としては子供）が、優しい性格であるかどうかだ。優しければ、親が自分に残酷な扱いをしてもなお、子供は親を労《いたわ》る。私は不断、無感動に暮らしているのだが、子供の運命を踏みにじるような振る舞いをする親に対してもなお優しくする子供を見ると、涙が込み上げることがある。私なら、あんな親、さっさと見捨ててどこかへ出て行ってしまうのに、と思っているからだ。

親というものは少なくとも二十年くらいは年が離れているものだから、子供はその気持ちを、未熟さのゆえに察しられないことが多い。少なくとも私はそうだった。

自分では幼い時から苦労して来た面もあると思っていたけれど、年を取ってみなければ理解できない人生の局面の意味というものはたくさんあった。私もまた、その多くを人並みに、全く後になって、親や、恩になった人たちが亡くなってしまってから後に、その深い、屈折した意味を理解したのである。

しかし、それでいい、それで普通だ、と私は別に反省してもいない。しかし少なくとも私より早くそのことに気がつく人がいたら、その人の人生は、私より成功している、ということだけは言える。

『親の計らい』

# 明日になれば

## 立ち直る力

他人の身の上相談に与《あずか》るなどということは、基本的には今も昔もできないことだと思っている。それでも若い時には、とにかくかけられた相談には誠心誠意答えるべきだと思っていた。

しかし私自身には、友だちに相談して解決できそうな問題はひとつもなかった。私の家は両親の仲が悪かったから、そして私は毎日火宅のような家で暮らしていたのだから、とてもこの深刻な状況を他人に理解してもらえるわけはない、と思っていたのだ。

もっとはっきり言うと、実は今でも私は誰か他人に相談をして片がつく問題などない、と思っている。お金がなくなって食べられない、というような現実的な困難なら、福祉の窓口で相談にのってもらえるかもしれない。しかし最近顕著になった、いじめを受けた子供たちは、誰もがそういう苦悩を誰かに語ろうとはしなかった。

それは私自身の体験に照らしてもそうだ。当時の日本には、今のように子供の心理的な苦悩を救わねばならないとする発想もなかった。誰もが、自分の傷は犬のように自分で舐《な》めて治したのである。しかしその時すでに、家族の問題に悩む子供たちの精神的苦痛を聞いてあげようという役所の窓口があったとしても、私は決してそこに近寄らなかったであろう。

その理由は、ひとつには親たちを世間から庇《かば》う気持ちと、他人の家庭の苦しみなどというものは、当事者以外にわかるわけはない、という気持ちの双方からだったろう。そして私はたぶん日記に「もう死にたいと思う」などとも書いていたかもしれない。私はごく普通の子供なら、一生に数回、もう死にたいと思うことがあって普通なのだ、と思っている。そんなことがない人もいるのかもしれないが、そういう人を「ご苦労なし」と言って、私などは、ほんの少し心の中で差別したい気分さえある。

しかし結果的に私は死ななかった。現在自分の住む土地が戦場にでもなっていない限り、いのちの管理の責任は、一〇〇パーセント自分自身にあるからだし、いのちだけは自ら絶ったら、取り返しがつかないからだ。ほかのこと――失恋も、受験の失敗も、会社の倒産も、配偶者の不倫も――すべてなんとか取り返しがつくことだ。

中年になって、私は自分の幸福に気がついた。私には友だちがたくさんあった。学校の親友もあれば、その後出会った人たちもいる。私がその人たちの前で泣けば――私は人前では一応泣かないことにしているが――その人たちは本質的な解決はしてくれないにしても、当面の私の苦悩を軽減してくれるために手を貸してくれるだろう、と思われた。

人間はすべて、各々の危機の「時」を乗り越えられればいいのだ。

基本的に解決できればいいが、そうでなくても人間の苦しみの受け止め方は、明日になれば変わってくる。明日とは偉大な日だ。喜ぶべきか悲しむべきか、私は今夜と明日の朝とものの見方が全く同じだったことは一日もない。その程度に自分というものは信用ならないものだと思っている。

だから、長い年月、私は身の上相談の答えなどやらなかった。「いちばんいいのは、親友に相談なさることです。知らない人に解決策などお求めにならない方がいいですよ。ですから今からでも親友をお作りなさい。親友がひとりもいないという人の方が問題があるんです」などと答えていた時もある。時が最高の回答者だ。その経過を、自分をよく知った友人が助けてくれる。

最近になって私が時々身の上相談に答えるようになったのは、人間の役割を知ったからである。つまり、自分は苦しんでいる人の遠い地点に立っているということを自覚しつつ答えれば（もしかして幸運が味方してくれれば）、苦しんでいる人に、答えになる別の側面を見せられるかもしれない、ということに気がついたからである。

しかしいずれにせよ、立ち直る力はすべて「その人が本来もっていたものだ」という偉大な現実に、私はいつも深い敬意を払っている。

『曽野綾子の人生相談』

# アラブの生き方から学ぶ

## 私とアフリカと吉村作治氏

吉村作治氏と会ったのは、もう何十年も前のことだ。氏は早稲田大学の大学院生で、確か馬事公苑近くの発掘現場で、初対面の挨拶をしたように思う。

私は生涯、多くの人から人生を教えられて来たが、その中の九〇パーセントは、吉村氏のように私より年若い知人だ。その中でも、氏から習ったことは実に大きい。今日の私のものの見方の根幹を支える一つの柱は、そのおかげだ。

私はイスラム教を通して、キリスト教以外の一神教の風土と、その一神教の背景となった荒野の哲学を、吉村氏から学んだ。一九八三年には、吉村氏を隊長として、サハラ砂漠縦断の旅に出た。

ラリーではない。もっとゆっくり普通の速度で、しかし途中一四八〇キロ続く、水とガソリンの補給のきかない無人の大砂漠を越えた。吉村氏の知識と、軍人にほしいような指揮能力がなかったら、安全に果たせなかった旅である。

私は機械や電気の知識もない、つまり特殊技能を一つも持たない隊員として、運転手とまかないのオバさんに徹したが、この旅がきっかけで、私は後半生をアフリカと深く関わることになったような気がする。

「生きるに値した」豊かな人生を味わう方途《ほうと》を、私は吉村氏から学んだのだが、私はかねがね吉村氏と、アラブの生き方のようなものについて触れた本を出したいと思っていた。あまりにも線の細いひ弱な神経の日本人と比べて、古びた革紐《かわひも》みたいに強いアラブの生き方を、実際に教えて欲しかったのである。

初めの頃、吉村氏は、その独得の軽い語り口とは違って、実は芯からの硬派の学者の態度をなかなか崩さなかった。私は非礼にも、その純粋のアカデミズムの部分をできるだけ避けて、氏の真髄《しんずい》を引き出そうとした。その無礼を今でも恥じているが、出来上がった本は、文句なしに誰にも理解できるおもしろいものになった。

日本人の正反対と言いたいものの考え方や才能を持つアラブからも、私たちは深く学んで当然だろう。私は長い人生で、あらゆる人から学んだ。貧しい、字も読めないような人の一言から衝撃を受けたこともある。

その中で、吉村氏を温かい解説者としたアラブ世界からは、感謝しきれないほどの哲学を教えられた。深く感謝しつつ、この知的幸福を、多くの人と分け合いたいと改めて感じている。

『人間の目利き』

# 違いすぎる二人
## 上坂冬子さんとの友情に捧げる花束

二人の対談が行われたのは、二〇〇八年の夏から二〇〇九年にかけてのことだった。場所は上坂（冬子）さんが、当時は既に生活の場としても使っていた、自由が丘の駅の近くのしゃれたビルの二階だった。

上坂さんはいつもの通りの心配りでもてなしてくれたが、後から考えてみると、その頃は既に再発していたがんの経過に、ある程度の覚悟をしていた時期ではないかと思う。相手を慰めればいいということではなくて、私は父が戦前に直腸がんの手術を受けて完治した、という体験を持っていたので、ある意味では全くがんを重病と思っていなかったふしがある。

上坂さんとは何歳の時に初めて会ったのかもう記憶がないのだが、これほど性格の違う二人がお互いにうまくやれるようになった例はあまりないだろう。二人はいつも「ああ言えばこう言う」という仲であった。多くの世の中の出来事に対して全く反応が違うのである。二人はそれを少しも隠さなかったが、妥協もしなかった。

上坂さんは一度に十個のお饅頭《まんじゅう》を食べると言ったが、私は一個だっていらない、という顔をしていた。ただ二人が不思議と一致していたのは、ある年齢に達してからは（つまりほどほどの収入があるようになってからは）、偶然、一切の取材費を出版社から出してもらわないようにしていたことだった。外国取材のために百万円を超える旅費その他がかかろうと、私たちは自弁主義だった。行ってみたら書けないこともあるかもしれない。その時、書かないという自由を確保するためであった。

上坂さんは、「『お茶！』と言ったら、すぐ淹《い》れて持ってきてくれるような夫がほしい」などと言っていて、私も初めは、この人はお茶一つ淹れたくない、「家庭的」とは正反対の性格の人なんだ、と思いかけていたのだが、実は私自身が決して淹れたことがないほどの香りのいい玉露を、自分で淹れて出してくれる人だった。多分私たちは二人とも偽善者だけではなかったのである。

この本のために、上坂さんは、事前に綿密にコンテを立て、しかもそれを何度も練り直す、という作業を一人でしてくれていた、という。それに対して、私はほんとうに文字通り何もせず、当日彼女の家に着くと渡された紙をちらと見て「あ、今日はこういうことを喋るのね」という調子であった。彼女は常に姉の役を演じ、私は妹役で怠惰《たいだ》を決め込んでいたふしがある。

この対談集の文庫版巻末に、私は彼女について書いた文章を載せてもらうことにした。「週刊ポスト」(二〇〇九年五月二十二日号)に掲載された「冬子の縁談」である。

私は基本的に他者のことを書くのが好きではない。人の作品についての印象はいいが、その人については、批評もコメントも印象記も書くのを避け続け、追悼文も書かないことにしている。それは長年自分について書かれた記事が、ほとんどの場合、私の感覚のニュアンスとかなり違っていることに、困惑し続けて来た結果である。

しかしこの「冬子の縁談」の中身の話は、彼女の生前に二人の間で何度も不真面目に話題になり、いわば彼女の承認を得たものである。

彼女は骨董を愛し、着物にも凝《こ》り、花も好み、すべての優雅さを理解した人だが、時には「こんな高い花なんか要らない」と言いそうな屈折した神経の複雑さももっていた。だから私は彼女に捧げる花束としたら、やはり上坂冬子承認済みの思い出を書いた文章にしたかったのである。

文庫『冬子と綾子の老い楽人生』

# 幸福になる道は誰も教えてくれない

## 人生の解釈はさまざま

二〇一四年三月、私は今から約四十年前に大学を出て、遠く離れたアメリカで別の人生を歩くようになった同級生と、生まれて初めて遊びの目的だけの船旅をした。

彼女はアメリカ人と結婚し、優しい誠実な夫とサンフランシスコの郊外で暮らした。数年前にご主人を亡くした時、私は子供もなく残された彼女の寂しさを心配したが、彼女は前向きの性格で、隣近所にもたくさんの友人がいるらしく、少なくとも表向きは「明るい未亡人」の生活を再建するのに成功したように見えた。

それ以来、彼女は何度もこういう船旅に参加してきて、その楽しみ方にも通になっていた。「もう私たち二人共どれだけ生きるかわからないから、ゆっくり話し合える旅をしない？」と誘ってくれたのである。

たまたま旅の途中に、学生時代の話になった。どこから東京を眺めた時のことだかわからないのだが、「何だか東京の町って、暗くてごみごみしているわね」と彼女が言ったら、私は、「あの一つひとつの屋根の下に全く違う人生があるのね」と答えたのだそうだ。

多分それは本当だろう。私は幼い時から、人は見かけによらないものだ、という実感を深く持っていた。体験から学んだというよりほかはない。私の育った家は、一見、東京の典型的な中産階級であった。決して資産家ではなかったが、父は戦前育ちなのに大学を出ていたし、一家は当時、私鉄が自分の路線の駅近くに開発した土地を買って、一戸建ちの家を構えていた。

ちょっとした庭には、小さな池だの石灯籠だの紅葉の木だのもあり、甘い実のなる柿の木もあった。

しかし夫婦は円満ではなかった。父は外では気さくな紳士風の人で、深酒をするでもなく、女性関係にだらしがなかったり借金をしたりすることもなかったが、家では優しい人ではなかった。

私はまだ小学校に上がる前から、母といっしょになって父の顔色を窺《うかが》い、父が小さなことに機嫌を損ねて暴力を振るうのを恐れていた。

しかし私自身の性格の中にはいささか甘いところも、そしてやや客観的なところもあったのだろう。私は自分がほかの子供と比べて、それほど過酷な生活をしているとは思っていなかった節がある。

むしろどこの家にも、それなりに苦悩や悲しみがあるのだろう、と推測していた（ところが後で聞いてみると、子供時代には何の苦労もなかったという友人の家庭もけっこうあったので驚いたものだ）。

だから一見、暗くひしめき合っている屋根の下には、それぞれの問題を抱えている人たちも生きていれば、彼らなりの幸福に打ち震えている人たちもいるのだろう、と推測していたに違いない。

当時の私は、自分の周囲にある現実を薄めるために小説の世界に耽溺《たんでき》するようになって、その結果作家になったのだろう、と思う。

人の感受性と人生の解釈は、個人によって実に違う、という実感は今でも変わらない。私は五十歳以降何度も、アフリカのもっとも貧しいと思われる土地で働くカトリックのシスターたちを訪ねる旅をしたが、アフリカへ行くというだけでまず、「危なくはないですか？」という人が十人中六、七人はいたのである。私は結果的に言うと、その手の人たちとは深くつきあうようにならなかった。

そもそも生きるということは、僥倖《ぎょうこう》とも不運とも隣り合わせにいる状態だ。荒っぽい言い方をすると、命を落とすような大きな不運に遭遇することもめったになく、たいていの場合、人間はほろ苦い体験をするだけで生き延びて帰ってくる。同行者に腹が立ったとか、財布を落としたとか、お腹を壊したとか、暑くてへこたれたとかいう程度の文句はついてまわるが、それらはどれも決定的な不運ではない。

その程度の代償を払ってこそ、私たちは人とは違う体験ができるのだから、最初からそれを避けようとする人とは、基本的な生き方が違うのだ、と私は感じるのである。

私はサハラ砂漠の深奥の部分や、アフリカの貧しい修道院で、寒さに耐えながら持参の寝袋の中で寝たのだが、そのような夜こそ、生の実感が体の周辺を満たすことを教えてくれた。実感には善悪・良不良の差がない。個性の違いが、心と体の自由を握っている。しかしそこに権力欲や出世欲や金銭欲などが強烈に絡むと、もうこの自由は失われる。

一人の人間が「野にあって」、当人が自分の評判が落ちることさえ覚悟の上ならば、今の日本ではほとんどどんなことでも言える。

幸福の実感というものは厳密なものだ。他人が「あなたはお金に困っていないでしょう」「いい夫と秀才の息子もいるじゃないの」などと、いくら平均的幸福の条件を持っていることを保証してくれても、それが全く幸福とつながらない人は多い。その反対に他人からは、気の毒な生活に見えても、れっきとして満ち足りている人もいるのだ。私はただ、そのことを言い続けて来た。

幸福になる道は、理不尽なものだ。自分自身で泥だらけになって探るほかはない。誰にも任せられず、誰もその方法を見つけて教えてくれはしない。

その覚悟を持たず、身の回りの不幸を、政府や社会や他者のせいにして、怒り嘆いている限り、逆に幸福には到達できない、という筋道だけは、私には見えていたのである。

『辛口・幸福論』

# 第2章

# 完全な善人も
完全な悪人もいない

1968年、三崎漁港にて著者と夫の三浦朱門氏
（写真提供：文藝春秋）

# その人のために死ねるか

## 愛の本質とは？

ほんとうは今まで、「愛」という言葉はめったに使わないようにしていたのである。愛という言葉の意味は広大で、こんなに日々、大勢の人々に何の疑いもなく手軽に使われていながら、実はこれほど本質を掴《つか》みにくいものもないからであった。

しかし、人と共に考えようとする時、私はそれほど言葉づかいに厳密にならなくていいのだ、と自分に言いきかせた。

愛の定義を私はこういうふうに考える。その人のために死ねるか、どうか、ということである。子供がひとり燃える家の中に残された時、たいていの母親は、とめるものがなければ、火の中にとび込もうとする。それが愛である。動物的本能であろうと、それが愛である。

愛している男、あるいは女、のために死ねるかどうか。

それは、私たちにとってひとつの踏み絵だ。しかし、その人のためになら死ねると思う相手は、ごく少ない。その他の人たちを、私たちは愛していないのだろうか。そう考えたら絶望的になる。

しかし人間の不思議さは、愛していない人をも愛する方法があるということだ。その知恵を、私は私の先生であるカトリックの修道女から教えてもらった。それは虚偽でも偽善でもない。なぜなら、人間はそれを非難できるほど強いものではないからだ。

愛、愛と言いながら、実は一生、本当の愛など知らずに過ぎて行く人たちが、意外と多そうなのに驚くことがある。そういう人たちは生活技術はうまいのだが、その面の達者はかえって愛することは下手なのかもしれない。

愛というものは、それだけでひとつの完結した世界なのだろうと思う。愛はしかも実用品ではない。何かで買うこともできない。求め方のルールもなければ、その結果がどうなるかという保証もない。それはしかし、生命そのものである。

それだけに哀しくしかも燦然《さんぜん》と輝いている。

『誰のために愛するか』

# 愛を作り出す能力

## この世を生きる喜び

一九七一年の或る肌寒い雨の日に、私はアウシュヴィッツに行き、日本にも布教に来たことのあるポーランド人のコルベ神父という方が、一九四一年の夏、他人の身代わりに処刑されることを申し出て、そこで遂に亡くなったという小さな餓死刑室の窓の外に立っていた。

私は心身ともに寒さに震えていた。水も食物も与えられず、裸でその部屋に投げこまれていた神父は、遂に二週間も死ぬことができず、そして最後に、薬殺のための注射器を持って入って来たナチスの親衛隊員を見たとき、こころもち腕をさし伸べるようにして、それを受けたのであった。

生ぬるい生活を愛し、一生、劇的なことなど起こらない平凡な生涯を送れることを渴望し、努力よりも安楽を、人生を深く見るよりも見えない愚かさの方がトクだと思い、微温湯《ぬるまゆ》につかったように生きられることを始終願っている私も、こうして、時々、人間が、生命を懸けて選ばねばならぬ瞬間のあることを思わせられて慄然《りつぜん》とするのである。

人間の一生の意味が、たった一日、或いは一瞬の行為に凝縮されるような苛酷な事態が起こり得ることに対して、私たちは、その日のために心の奥底で用意をしなければならないのだろうか。

「愛することは、愛を作り出す力であり、無能力であることは、愛を作る能力が無いことを意味している」というのはエーリッヒ・フロムの言葉だが、愛を作る能力を持つことは苦しく、時には、コルベ神父のように、そのために死ななければならなくなる。

それでもなお、愛がなければ、人間はこの世を生きたことにもならず、死を代償とするほどの快感――まともに言えば喜び――も得られないのである。

その深淵を彼方に予感することを故意に避け、そのような深淵はまったくないかのように、人生をのどかな風景と観ながら、身近かな出来事に心を捉《とら》われて暮らすこと——それが、しかし平凡な私たちの生涯の上に与えられた神の優しさのように思う時もある。

『続　誰のために愛するか』

# どういう年寄りになりたいか

## 私の老化予防法

### 純粋でもないくせに狭量だった私

いつの頃からか、私は自分の老いを戒《いまし》めるものを書いておかねばならない、と思い始めていた。その芽は、私が三十七歳の誕生日を迎えた日に発していたようにも思う。その日私は「さあ、これで、私も人生の後半に入ったのだ」と自分に言いきかせた覚えがあるから。

私は自分の若さに対する執着をあまり感じたことがない。若さは、未熟で、なんとなく恥ずかしかった。滑稽でもあった。安定という点でなら、私は二十五歳の自分よりも、三十七歳の自分の方が、まだしも少しは信用できるように思った。

二十五歳の時、私は何と狭量《きょうりょう》だったか。狭量さのことを、人々は純粋というのだろうか。私はある意味では、暗い育ち方をしたから、幼い時から純粋であったことなど一度もないような気がする。私は純粋でもないくせに、ただ狭量であった。

それが四十歳に近くなるにつれて、少しそうでなくなった。それは私が、他人の立場を推察できるという技術を、遅まきながら、少しずつ身につけるということができるようになったからであろう、などというと、何という体裁《ていさい》のいいことを言っているのだろう、と我ながら思う。

つまり、私はそれだけいい加減になったのだ。いい加減な自分を容認するためには、都合上、他人のいい加減さも認めなければならない。私はほんの少しだけ、確かに、どの人にも、その人がその人である必然的な理由が背後にある、と実感として思えるようになった。それで私はいよいよ考えの筋道に混乱をきたし、歯切れが悪くなり、反社会的になった。

しかし、この混乱を、私は実は味わいながら受けとめている面もあった。他の人のことは知らないが、私にとって、年をとって、世の中が見えて来る、ということは、この新たな混乱を正視する立場に立たされることだ、と思ったのである。

私は若い頃より、複雑に、何重にもなった物事の裏を考えられるようになった、と思った。ということは、しかし、物事の背後には無限の深みと隠された部分があることがいよいよ見えて来るということで、私は一足前に進むごとに、ますます見えない部分があることがわかるだけであった。

## 老境を理解するには若くても

四十にして惑《まど》わず、という言葉は、私の実感によれば、一段、表現に省略が行われていると思う。四十になると、とうてい先を見尽くせぬという絶望がかなりはっきりするから、多く望まなくなって、したがって、最善ではない、次善かその次くらいの道を淡々と選べるようになるのである。

私は人生の後半にさしかかって、決してもう若くはないけれど、老境を理解するまでにはまだまだ遠い。老人の心をわかったなどと言ったら、私は先達《せんだつ》たちに非礼を働くことになるだろう。現実とその予感とは明らかに違う。しかし私はその予感に捉われたのであった。あるいは身近に、親たちの世代と暮らして、年をとるということのむずかしさを、しみじみ味わったからかもしれない。

どういう年寄りになりたいか。私は折にふれて考えるようになった。年をうまくとるという作業は、年をとってから始めたのでは遅いのでなないかと私は思うようになった。子供の時に大人になる準備をするように、老人になるために人間はもしかすると中年から、多少学ばねばならないのではないか。

もっとも、準備したからといって、決して「備えあれば憂いなし」ということにはならない。今の老人の世代も中年の時、戦前の日本の社会形態をもとに老年の生活設計をしたはずであった。お金を貯め、自分が姑《しゅうとめ》に仕《つか》えてやって来たように、自分が年とれば、また、嫁が仕えてくれるだろう、と考えて来たに違いない。

経済上でも、意識の上でも、彼らはことごとく計画が狂ったのだ。

しかし、私はその点で、その世代の人たちに特に同情しようとは思わない。逆に、計画どおりになった人生などあるものだろうか。

## ひょっとして無駄な作業になるかもしれない

私の子供時代に、大きな心理的な影響を与えて去った第二次世界大戦は、あらゆる思想、国家形態がくずれるさまをありありと見せつけた。私は予測のできぬことと、崩壊の感覚に馴れた。

もう一つ、そうした混乱の中にあっては、ごく限られた偉大な意志の持主以外、庶民はすべてその根本の姿勢において卑怯《ひきょう》者になるほかはない、ということも知った。この私の考えはまちがっているかもしれない。しかし、それだからといって、私は厭世《えんせい》的にもならなかったし、いわゆる人間不信にも陥らなかった。それが私の——貧しくはあっても——人間把握の一つの方法であった。

今、私は自分の老年を展望するつもりでいながら、それが全くの、無駄な作業であるかもしれぬことをしみじみ感じている。

第一に、私のこのメモは、平和な状態を基本に考えられていることである。しかし、私は三、四十年後に、戦乱の荒野に立っているかもしれない。そんなことがあってはならないことだが、平和において考えられる不安や憎悪は、戦乱の中では全く影をひそめることもあり、新たな動物的な人間関係の生じることもある。

第二に、私は生きていないかもしれない。

老年を体験しないということは、一種の貧しさであるが、それも人間の運命の中に組み入れられている。そして老年を迎えないものが老後の心配をするなどということは、杞憂《きゆう》というより、滑稽である。私は本当は怠けるのが好きで、必要なことでもできればしないでおきたいくらいだから、生きないことがわかっているのだったら、決してこんなよけいなことはしないと思う。しかし、人間は、滑稽な、ごくろうさまなことも、時にはするはめになってしまう。

## アウシュヴィッツでの激しい衝撃

私が実際に一冊のノートにメモを書き出したのは、一九七一年の十一月だが、それはまんざら偶然ではないようにも思う。一九七一年の九月に私は満四十歳になった。私はその時ヨーロッパにおり、十月の末になって日本に帰って来た。このヨーロッパ旅行では、私はアウシュヴィッツに立ち寄り、激しい衝撃を受けた。

私は生まれて初めて、といっていいほど、神と人間の問題を重苦しく考え続けた。その翌月から私は、『戒老録』を書き出したようである。

その時、私は「四十にもなったのだし急がなければ」と思ったことを覚えている。それは、いつでも書けると思っているうちに、私の自分なりに思い描いている老人像と現実の私がくっついて来てしまいそうに思えたからだった。

よく年寄りは「若い者に年寄りの気持ちはわからない」と言う。全くそうなのだろう、と思う。その場合の若い者というのは、他人である。しかし私は一つの実験のように年とってから、自分が四十歳の時に書いたものを読みなおし、未熟な考えや気負いをふりかざしていた自分の若さを自ら告発すべきように思ったのである。

同人雑誌に加わった十八歳の時以来、私はまとまったものを、ノートに書きつけたりしたことはなかった。私の小説を同人が雑誌にのせてくれるかくれないかわからなくても、いつか誰かに読んでもらうためにも、原稿用紙に書いていた。それが今度ばかりはためらうことなく、ノートに書いて、誰にも見せなかった。

## 「戒老メモ」はどうでしょう？

そういうものが活字になることになったのは、さまざまな時の流れによる。怠け者の私は、その流れにのることを、はじめかなりためらったが、結局は、出版してくださるという方の言われるとおりにした。一般的な身の処し方として、私は何かに流されるという感覚ほど、気楽で好きなものはないからである。

若さを保つヒケツとか、私の老化予防策などというのを、新聞や雑誌から聞かれるたびに、若さを保つ方法などありはしないと思っていると答え、老化予防に関して私なりの戒老録を書いています、と答えていたのがこの本が印刷されるようになったきっかけである。

もっとも『戒老録』などという、ものものしい表題をつけることはいざとなると困ると思った。「戒老メモ」はどうでしょう、と私は提案し、出版社に「締《しま》りがない」と断られた。ああそうですか、とこの時も私は引き下がった。私はいつも本の内容は多少気になるが、表題になると、どうでもいいような気がしてしまうのである。

しかし、私は今でも、この本を出すことにためらいを感じている。それはこの本が、一見すると老人を告発するような要素を含むようにみえるからである。私は本屋さんが、この小さなメモを六十歳以上の方々には売らないことを希《ねが》う。本当ならそれを表紙の一部にでも「書店さんへのお願い」として刷り込みたいくらいだ。しかしそのような言葉は、逆に一種のキザな宣伝の文句だと思われるだろう。だから、私も何も言わないつもりである。

## 私がなれないかもしれない老人像

先にもふれたように、この本はあくまでまだ非老人である自分に向けたものである。決してこの中の条項に当てはまらない年とった方々に向かって、その非を鳴らすために書いたものではないし、また、この内容がまかりまちがっても、若い世代から、老人への非難の道具に使われるようなことだけはやめてもらいたい。

しかし、本当のためらいの理由は別にある。私は今までに自分の運命を左右するような大きなことでは、予測どおりになったことが一つもないのである。希望が叶《かな》えられたことはある。しかしそれは予測ではなかった。この事実は、私に、改めていやな予感を感じさせる。

私はこのメモの中に、きわめて個人的な趣味による願わしい老人像を書いた。予測が一つとしてそのとおりになったことがないので、その前例を踏めば、私はそのような老人になれないわけである。私は全く違った種類の精神を持ち、このようなものを書いた自分の分身に対して激しく怒って牙《きば》をむくのであろうか。

何もこんな愚かしいことをしなくてもいいはずである。しかし——私はこのごろ、しだいに愚かしさも好きになった。

迷ったり、愚かしかったりすることがなかったら、それは、もはや人間ではない。人間を信じることと同時に、人間を信じないことも必要である。人間を信じない人間だけが、あるがままの人間を認めようとするのかもしれない。私は全く信じられない自分を前に引き据《す》えるほかはない。

## 人間は孤独にも苦しむが、集団にも憎悪する

このメモは、先にも述べたように、きわめて閉鎖的な、個人的な、しかも利己的な視点の上に立っている。私もまた物心つくと同時に心理的に二重視ぎみの性格であった。社会の一員として、市民の一人として考えたり望んだりすることと、個人として考えることが、一致したことはまずなかった。

私はこの日本をいい国だとは思うが、およそ国家とか、社会とか名のつくものを、どうしても根本から信じることはできない。なぜかと言えば、それらは組織上、人間を集団として扱うが、人間は集団の一員としては決して根本から解決されないものだからである。

かつて、私の知っていた老婦人が、動脈硬化で倒れ、死までの一年ほどを、医療保護患者として病院に入院していたことがあった。彼女は、物事はわかっていたが、口もきけず身動きもできなかった。

病院ではおむつを二十四時間に二回（当時）とり換えていた。それ以上は、人手がなかったのである。したがって彼女が乾いたおむつをあてがわれていた時間

というのは、ごく短かったに違いない。彼女には何もなかった。体力も、表現力も、金も……私は、そのような患者には規則として、一日に六回以上はおむつを換えることを義務づけてほしいと思う。

私にはよくわからないが、人権とはおそらくそのようなものである。少なくとも一九七〇年初めの社会状況はそんなものであった。

私はこのような老人に関する実生活上の不備がなくなることを希望する。そして近い将来には、寝たきりの老人の食事の世話をする人が誰もいないなどということはなくなるような社会が来ることを信じたいし、それはまちがいなく、あり得ると思う。

しかし、私は既に、今までに、衣食住のみちたりた人間の陥る不幸についても見すぎて来た。人間はなんと無限の可能性を持つものであろう。動物として生存に適した環境を与えられれば与えられるほど、人間の精神はまた別の不満に責めさいなまれることになるのである。

三度の食事がまともに与えられないうちは、そのことが、不満の明確な目標になるが、三食食べさせてもらうようになると、その質がもっと大きな不満の種になりうる。人間は孤独にも苦しむが、集団にも憎悪を抱くのである。

社会的な市民としての私は、老後の組織的な収容施設その他を希望するが、個人的な私は、そのようなものを、実は全く信じない。

## 私が恐れることは

きわめて個人的な利己的な立場から、私は老人が自己を失うほどに惚《ぼ》けることについては、ほとんど恐怖を抱かない。自分がそうなればもはや苦しくないからである。申し訳ないが、誰かがその点について苦労するのだろうが、それは私の知ったことではない。それがいやなら、私はどこかへ公然と棄《す》てられるだろうが、惚けてしまっていれば別に淋しくも辛くもないだろうから、平気である。

私が恐れるのは、自分にまだ意識が残っている場合である。老いを自覚でき、主観的に苦しむ立場におかれた場合が怖い。私が何とかして不可能に近い自己救済をしようと試みるのは、そのような、内面的に測定しうる老いに対してである。

ここに書いてあることの、どれ一つをとってみても、私はそれに全く反対の生き方があることを肯定する。まことに「人生に定説なし」なのである。おそらくこの真理は、私のメモを読むことによって確実に読者の心に惹《ひ》き起こされると思うのである。

私は正しいと思って書いたのではない。このような生き方が、目下のところ私には「よさそうに思える」からに過ぎない。当然それは個人によって是正されねばならない。余白はそのためである。この本の本当の意味は、めいめいによって書き込まれたその部分にある。私にとってもまた、訂正のために、その余白は必要なのである。

『戒老録』

# 老いの狡さと楽しみ

## 人生最後の見せどころ

**『完本　戒老録』のために私が補足したこと**

観念で年齢を書くのではなく、老人の当事者になったら再び内容を改訂するように、という編集部の命令は至極当然のものだと思ったから、私は最初の時から数えると二十四年ぶりに、この『戒老録』に再び手を入れることにした。途中で一度、整理をしたことはあるのだが、今度は少し時間をかけて補足した。人生の生き方も古家の修理も、似たようなことをやっている。

と言っても書き直した部分はわずかで、ほとんどは書き足しであった。出来上がったものに対して、編集部は、「完本」とすると言うので、私はかなりたじろいだ。理由は単純なものであった。人間のすることに完全などあるはずがない。ただ作家の場合、これで死ねば完本だろう。しかし、死ななければ読者を騙《だま》すことなる。

しかしそれもいいだろう、と私は考え直した。

ここ数年、私はもう身の回りに起きる小さな事に、抗《あらが》うのをやめる気分になっていた。私に関係のある事件の結果にも、責任を取ろうとしなくなっていたと言う方がいいかもしれない。

私が決して願わなかったことなのに、どうしてもそうなってしまったことが、私の生涯にもずいぶんあり、それはもはや自分が責任を取ろうにも、どうにもならない範疇《はんちゅう》のものだという実感があったからだろう。それに読者を騙すなんてことくらい、どれほどの悪でもないだろう……。

これが老化の狡さと楽しみという境地だろうか。叱られたら、首を竦《すく》めて笑っている、という姿である。

しかし、完本だか不完本だかを終えるに当たって、私はやはり最近気がつきだした人間の大きな落とし穴については、触れておくべきかもしれない、と思うようになった。これは必ずしも日本の老人だけが受ける病的な影響ではなく、日本全体、ことに子供が受ける大きな影響でもある。

それは、食べることすなわち生きることに関する不安がなくなると同時に、人間は大きな不満と不安に取りつかれるという皮肉な因果関係である。

## インドの病院で出会ったおじいさんの笑顔の理由

今から三十年ほど前（当時）、私はインドで日本人のドクターや看護師さんが経営するライ病の病院にいた。もちろん小説を書くのに、いささかの勉強が必要だったからである。

インドにはその時、推定五百万人の患者がいると言われていた。そして彼らの九九パーセントまでは貧しい人たちだった（ありがたいことに、ライ病は、今ではすぐ確実に治る皮膚病で、しかも間もなく終息宣言を出せるところまで、患者数は減って来た）。

当時も患者に対しては、無料で薬を出していたのだが、その薬を自分は飲まないで、そのまますぐ売ってしまうような人も珍しくなかった。そうすれば、自分の妻子に食べ物を買い与えられるからであった。だから、初診で病気ではない、と診断された患者たちの中には喜ぶどころかドクターの前を立ち去らず、何とかしてライ病と認定してくれ、と交渉する人もいた。

患者の中の一人に歯抜けのおじいさんがいた、と書こうとしてためらっている。恐らく私がおじいさんと思った人は、四十か、四十五くらいだったのではないかと思う。

その人は古手の患者で、病院の人ともお馴染《なじ》みだったのだが、その日はいつになく、萎《しぼ》んだ口をいっぱいに開けて笑っていたのである。娘が嫁に行ったのだ、というのがその笑顔の理由であった。インドの青年は若く結婚して、娘はまたハイティーンでお嫁に行くから、四十歳の花嫁の父なんて珍しくもないのである。

彼は、祝いだから私たち皆で食べてくれ、と言って、新聞紙に包んだものを看護師さんに渡した。インド人の患者たちに対しては、診察も投薬もライ病ならば無料だったし、彼らの方も、礼を言う人もめったにいなければ、ましてやドクターやナースに、お礼の品を持ってくるという人もごく稀《まれ》だったから、これはほんとうに珍しいできごとだった。開けてみると、中には二十個くらいの菓子が入っていた。

私は同じような菓子が町の店や道端で売られているのを見ていた。私は甘いものがそれほど好きではないし、そのような菓子には、埃《ほこり》がかかっているのは間違いない上、ハエとハチが西瓜《すいか》の種を蒔《ま》いたようにたかっていたので、買って食べようと思ったこともなかった。しかし花嫁の父の祝いの気持ちは無にできなかった。

私は菓子を一つもらい、一口、口に入れた。脳天まで伝わるほどの強烈な甘さであった。他の味がよくわからないほどであった。しかし私は、この菓子が持っていた幸福の重さをその時噛《か》みしめたのであった。

日本では、このような素朴な菓子は、もはや人々に幸福を与えなくなってしまっていた。太るからいらない、とか、甘すぎていや、とか言って忌避するのである。

しかしこの花嫁の父にとって、病院のスタッフにまで甘い菓子を配れるというような晴れがましい機会は、もう二度とあるかないかのできごとなのであった。そして、彼の属する社会では、この強烈な甘さを持った菓子は、その甘さに比例するほど、強烈な人生の幸福を意味していた。

## 自分で幸福を発見できるか

病気と健康、貧困と豊かさ。どちらがいいかと言われれば、もちろん後者の方がいい、ということは明瞭である。しかしそこに幸福を見出すかどうかということになると、全く別の問題である。

食うや食わずの貧困の中で暮らす人を、私はたくさん見た。私は少なくとも六十代の前半を、アフリカ、南米、中近東、アジアの一部で、世界的なレベルの貧困を学ぶことに充《あ》てていた。貧困を「見る」と言うのも、「学ぶ」と言うのも、それは、私が外側から、貧しい人々の苦悩を眺めているような思い上がった非礼を匂わせるから私は嫌いであった。

しかし、それなら何と言ったらいいのだろう。誤解されるのを恐れて止めていたら、日本人で貧困を知る人も、貧困について語る資格のある人も、一人もいないことになる。

今日、食べるものがない人にとって、夕飯に一切れのパンにありつくことは、全世界を満たすほどのすばらしい偉大な幸福を手にすることである。しかし贅沢に馴れた日本の子供にとって、おかずもなくバターもないパン一切れを夕食に与えられることは、不満と惨《みじ》めさの極になる。

日本の年寄りさえも、このからくりのわからない人が増え始めた。豊かになればなるほど、不満な年寄りは増えるだろう。社会が整備されればされるほど、社会に不満を抱く人も多くなるだろう。

「私は裸で母の胎《たい》を出た」というのは、『旧約聖書』の中で何度か繰り返される言葉だが、ほんとうに私たちは、例外なく誰もが、才能も金も衣服も体の強さも、何も持たずにこの世に生まれたのである。それを思えば、すべて、僅《わず》かでも与えられていることは偉大な恩恵であった。

老年の幸福は、この判断ができるかどうかだろう。老年は（惚けるまでは）、幼児と違って、自分で幸福を発見できるかどうかに関して責任がある。最後の腕の見せどころなのである。

文庫『完本　戒老録』

## 全部いい。全部悪い

### 「有効な教育」の未来

一九七五年、私は半月間の、短い中国訪問をして来た。生まれて初めて、行った国で、すべてをこの目で確かめられたことは貴重な体験であった。

私が短い間に見聞きしたごく表面的なさまざまのデーターをもとに考えると、現在の中国的なものの考え方と、私のものの考え方の間には、驚くべきへだたりがある。

中国は、私がこの耳で聞き、目で見た限り、物事の判断がすべて全面的であるということが大きな特徴である。

一九七五年四月現在、中国は孔子批判をやっている。私は批林批孔運動については、確実なところを知らなかったので、文学者との分科会の時、孔子を部分的に批判するのか、全面的に批判するのか、と尋ねた。すると答えは、全面的に否定するのだ、ということであった。私は儒教的なものを全部いいというのではないが、全面拒否ということになると、改めて考えてみなければならない、と思った。

孔子の、人間を見抜く眼には、すさまじいものがある。「巧言令色《こうげんれいしょく》、鮮《すくな》いかな仁《じん》」とか、「故《ふる》きを温《あたた》めて新しきを知る、以《もっ》て師と為《な》すべし」とか、馴染みのあるものが多い。

「君子は、人の言った言葉によってその人を推薦しない。それを言った人によってその言葉を捨てることはしない」

この孔子の言葉も正しい。たとえ、孔子自身がどのような人物であろうと、これらの言葉の中には、一切の先入観を排して、真実のみを見ようとする構えがある。全面否定となれば、これらの言葉もあやまりだということになる。孔子の思想が、封建的な支配者階級の発想だから、その言葉は全部正しくないのだ、と説明された。

現在の中国において、人間は、善か悪かのどちらかに決められようとしている。毛沢東は全面的に正しく、あらゆる理論の源《みなもと》であり、決してまちがうことがない。毛沢東批判の要素は滞在中、全く感じられなかった。犯《おか》すべからざる神聖な存在という感じであった。経済の理論も、倫理も、文学に対する姿勢さえも、すべて毛主席の言葉が引きあいに出された。

全面的ということが、この世であり得るとなると、それは、人間を、悪玉か善玉かという形で受けとることになる。他国がどうやろうと自由だが、日本においては、文学も倫理も、善玉悪玉というような単純な図式化では通らない。教育においても、我々が苦しむのは、欠点だらけの人間の中にあって、一つだけ輝いているように見える部分をいかに発見し、それを伸ばすか、ということである。

全面的ということが通ると、ちょっとくらいいいことがあっても他の悪いことのゆえに一人の人間は全面的に拒否されるか、あるいは一点の善《よ》きことのために、他のマイナス点もありがたがられてしまうかのどちらかになる。

戦争中、私たちは全面的になることを教えられた。英米人は鬼畜《きちく》であった。中にはいい人もいる、というような言い方は許されなかった。

少なくとも、私は今、いかにして全面的でなく物が見られるか、ということについて、自分と戦いつづけている。全面的に善いとするか、全面的に悪いとするか、どちらかの方が、ことは簡単である。話をする時も、歯切れがよくなる。他人とその人のことについて喋っても安心である。悪い人のことは、てっていして非難し、善い人のことはほめちぎればいいからである。しかし、私はまだ、生まれてこの方、完全な善人にも、完全な悪人にも会ったことがない。それだけは実感である。

中国は全面論で教育をしつづければいいし、私はいかに、今よりも人間を部分的に細分して見られるかに、生涯の目的をかけることになるだろうと思う。

中国へ行って、考えを変えたことが一つある。それは、私は教育というものは、それほど有効でもなく、又、簡単な有効性を期待してもいけない、と思っていたのだが、彼《か》の国では必ずしもそうではなかったことである。

全体主義国家の中では、教育はきわめて有効である。皆は誰もが同じ言葉を使って同じことを言う。それが可能性である。

「中日友好は、子子孫孫まで変わらないでしょう」

という科白《せりふ》は、上は幹部指導者から、下は小学生まで、同じ形容詞と共にくり返された。私はそれを信じたい。誰が争いを好むものだろう。中日友好のために私になし得ることがあれば、私は努力することに、やぶさかではない。

しかし、私は、このような言葉に酔うことはできない。それを頭から信じる、ということにはあまりにも、無責任である。

ヴィクター・シェルブリエによれば、紀元前一五〇〇年から、紀元後一八六〇年までの、三千三百六十年間に、署名された平和条約は約八千であった。そのいずれもが、恒久的《こうきゅうてき》な平和を維持するのに役立つと考えられたが、どれも、平均二年しか続いていないという。

教育とは、多分、人間の希うことと、その行為の虚しさとの間のギャップをも教えることである。二年しか続かなかったからと言って、平和条約など、いらない、というのではない。虚しさを見極めた上で、何とかして恒久的なものに近づけようと甘くない努力をすることが大切なのである。子子孫孫などと言う前に平均二年を、まず平均三年にするべく努力することである。

しかし中国では、「子子孫孫」を皆が信じているように見える。少なくとも庶民（中国風に言うと人民）、ことに子供は、心から信じて言っているように見えるから、この手の教育は、まことに有効だということができる。

シェルブリエのような見方はこの国では受け入れられない。中国人小学校の最高学年でも（日本の小学校五年生に当たる）、学校で習う外国人はマルクス、エンゲルス、レーニン、スターリンの四人だけである。音楽も、全部国産の曲だから、モーツァルトもベートーベンもこの世にないのと同様である。

知識的鎖国と、全体主義を使えば、或る種のことを教えこむには、きわめて効果が高い。果たして教育は、可能か、という問題を自ら提起し、それは不可能に近い、ということを言ったつもりだったが、それは撤回しなければならない。全体主義の中において、「党と毛主席の期待にそむくことがない」ことに目標をおけば教育は、まことに、効果的だということはよくわかった。只、この場合、教育の目ざすものが問題である。

「毛沢東思想こそ、勝利へみちびく灯台だ。毛沢東思想を身につければ、知恵と才能と力がうまれ、どんな奇跡でもつくれる」（『新中国の婦人』／北京外文出版社）というような発想を、日本人が文字通り受け入れるはずはないからである。

『絶望からの出発』

# アラブ人とはどのような人々か

## 私の千夜一夜物語

未知のアラブの国々を私が歴訪することになったきっかけは、一九七五年六月下旬の或る梅雨の夜、東京の騒音に満ちたおでん屋で実は始まっていたのであった。私はつい先ごろ、クウェートやアラブ首長国連邦から帰って来たばかりという日本人に会った。彼は中肉中背で、眼鏡をかけており、よく気がついて物知りで、その賢さとみごとな体力とで、何回目かの、ビジネスの出張から帰って来たところだった。

「今度は、どこへおでかけで」

と私は尋ねた。

「ガルフ沿岸です」

「はあ、ガルフですか」

相手は、私の一言で素早く、私が社会科の知識に全く欠けていることを見抜いたようだった。

「ガルフというのはこの場合ペルシャ湾沿岸のことです。ペルシャ湾というのは……」

そこで彼は一瞬にやりと笑った。

「紅海と違いますよ。よくごっちゃにする人がいる」

「知ってます、それくらい。名前が違いますから」

全くやり切れない、程度の悪い会話だった。

「西から紅海、アラビア半島、ペルシャ湾の順です。その昔、アレキサンダー大王やその部下たちが、うろちょろしたあたりです」

「アレキサンダーはどこで死んだのですか」

私が尋ねると、彼は、そんなことも知らないのかという表情で教えてくれた。

「かの有名なバビロンです。三十三歳の時でした」

《われらは、バビロンの川のほとりに座り、
シオンを思い出して涙を流した。
われらはその中の柳にわれらの琴をかけた》

旧約の詩篇の、最も甘く優しい個所である。

「実は、今度という今度は、少し体を壊して帰って来ました」

その人は言った。

「どうなさったのですか」

「自律神経の失調症になったんです。心臓が止まったり、脈が百二十くらいに早くなったりしましてね。今までこんなことはなかったんですが、何しろホテルの部屋の中は、二十七、八度くらいには冷房で冷やされている。オイル・ダラーのある国ですから。しかし外気温は三十七、八度で、しかも湿度がものすごいですからね。窓ガラスの外側が、水滴で雨がかかったみたいに見えるくらいです。戸外と室内の温度差と湿度差が違いすぎると、自律神経もおかしくなるらしいです

よ」

「暑くて、お辛かったでしょうね」

「それが少しも辛くないんです。大体、僕は鈍感でしてね。イスラム圏は一般に酒が飲めないんですけど、酒もないならないで平気。毎日、羊肉の料理でも大丈夫。直射日光の下で、気温が五十度になっても何でもない」

「そういうところは、私とそっくりです」

「それなのに、今度ばかりはやられました。年ですな」

しかし、その日、私はまだ、自分がそれらの国にでかけるとは思ってもみなかった。ただ、数時間後に、降りつづける霧雨の中へ出た時、私がその人に傘をさしかけようとすると、

「すみません。傘はわざと持って来なかったんです。濡れて歩きたい心境なもんで……」

と彼は言ったのである。私はその時、彼の言葉の持つニュアンスを理解してはいなかった。しかし今、私にはわかる。彼は乾いていたのだった。砂漠から帰っ

て来たのだから。

アラブ。

私にとってだけではなく、誰にとっても、遠い遠い、現実感の極めて薄い国々。西はモーリタニア、モロッコから、東はイラクまで、二十の国々だと聞かされても、少しもぴんと来ない。

モロッコ？　ああ、ディートリヒが靴ぬいで砂漠の中を男を追いかけたところね。アラブ首長国連邦って、そこの人、別に首が長いわけじゃないんでしょ。オペック？　知らない。だって入社試験受けるわけじゃないもん。石油の値段？ああ、それなら、うちの傍の石油屋ひどいのよ。おととしは一リットル二十一円だったのに、去年は三十三円で売りつけたんだから。

そこでやっとアラブは、日本人の意識に結びつく。しかしこれもアラブが結びついたのではない。アブラ（油）が結びついただけである。

私は八月末（一九七五年）、四週間の、アラブ諸国への旅に出発した。そして、行く先々で、アラブ人とはどのような人々か、を聞きつづけた。語ってくれた多くの人は、日本人であったが、中には外国人もいた。女のおしゃべりの最長記録とも言うべき「千夜一夜物語」ではないが、私には今、新たな現代のアラブについての物語を、少しも修正を加えずに、伝える義務があるだろう。

私は同一対象について或る人の発言と、別の人の印象とが、全く矛盾しようと、一向にかまわない。一人ひとりの受けとめたアラブこそ、その人にとっての真実なのだから。

そして、物語は、精神が自由に解き放たれた状態で語られるべきだという原則を貫くために、私は敢えて、誰がこのことを言ったか、明らかにしないつもりである。ただアラブの心を語ってくれたすべての人の中に、日本人にアラブを知ってもらいたい、という少年のような情熱があった。私はそれにこたえたいと思う。

文庫『アラブのこころ』

# 第3章

# 人間のすることに完璧などない

1971年、書斎にて（撮影：田沼武能）

# 再び視力を与えられて

## 我が生き直しの記録

『贈られた眼の記録』の原稿は、レポート用紙に大きな字でほんの数行ずつ書いて行ったメモである。なぜ、レポート用紙を使ったかというと、私は、「見えなくなる」ということはどういう心理の状況を伴《ともな》うかということを、もし主治医がお望みなら、お世話になったお礼に退院の時に提出して行こうと思っていたからである。

私の場合、それは、「見えるようになる」ということはどういうことだったか、という点にまで発展した。先天性の強度近視だった眼が、白内障の手術の結果、裸眼で健康な人並みの視力を出すようになった。もちろんこれは「稀有《けう》」の例なのであろう。

医学の技術革新と、ドクターの神技によって、私は肉体的には、ほとんど「病後」の意識を持たなかった。同じ白内障でも、強度近視を伴うものは危険率が普通の手術の場合とは違って非常に高いとはいっても、成功してみれば、患者の私はかなり高齢の患者さんたちが気楽に手術を受けて、見えるようになって帰って来るのと同じ感覚であった。

しかし、精神的には、数カ月の間、私はどことなく病後であった。私はその感覚を甘やかしもしたが、同時にこんなところにぐずぐずしていないで早く脱出しなければ、という気持ちも働いていた。その意味では、この記録は、私の卒業の書である。

小説書きは、競走馬に似ている。どんな草競馬の駄馬でも馬場の中に入ると、血が騒いで走り出す。私は視力がもう書くことには耐えられなくなり、まともな原稿は一行書いても苦痛を覚えるようになっても、記録だけは自分の心の救いのために、何とかして、十字でも二十字でもいいから、とり続けようとしていた。

現実の病気がどうであろうと、人間の心を救う最大の要素は、「日常性の中にいられる」ということである。白内障はその第一の点からまず侵されるという点では、不幸な病気である。死なないから、と周囲も当人も知っているから、騒ぐことはない、騒いだら悪い、と思うが、長い人生で、数年間、その人は仮死の人生を味わわされる。神経痛、喘息、リュウマチ、などとともに、人生を部分的に喪失する、という感じの病気である。

レポート用紙の報告書以上のものが生まれたのは、お二人と一人のおかげである。

第一は、私の眼を手術して下さった馬嶋慶直《まじまよしなお》先生が、単に肉体的な眼疾《がんしつ》の推移だけでなく、患者の心を重く見られる方で、私の記録はぜひ読みたい、と言って下さったからである。もうお一人は、名古屋保健衛生大学（現・藤田医科大学）学長の藤田啓介《ふじたけいすけ》先生で、先生は早くから、患者に読ませられるように体験をまとめてほしい、とおっしゃって下さった。

それは根本のところでは、願わしくないものであった私の病気を、今となっては少しでも有意義なものにしてやろう、という親心であったと思われるのだが、私は初めは、このレポートを提出すれば、それがタイプ印刷か何かになって、大学病院の患者さんに配られるのかなあ、と思っていたのである。

第三の人物は夫の三浦朱門である。彼は同業として、私たちの仕事の陥る危険性も苛酷さもよく承知していたと思うが、私が「半盲人」から卒業して、まともな晴眼者の生活に生涯で初めて踏み入るには、どうしてもこれを書かねばならないことを一番よく知っていたのではないかと思う。手術後三日目に、彼は、私が一カ月でこれくらいの本は書き上げるべきだ、という命令を下したのである。

私はこの本の中で、白内障という肉体的な病気との闘いだけを書こうとしたのではないことを、最初に理解して頂きたい。

私が書こうとしたのは、眼を失いかけながら、再び視力を与えられて、私が生きなおす前後の、私の周囲の状況全般であった。なぜなら、人間の体の部分はどれも大切だが、ことに眼の場合は単なる感覚の器官であるということを超えて、それはその人の精神と魂とに、むしろ深く結びつくからである。

つまり眼について書くことは、私の生き方、魂の感じる諸問題、友人への思いなどと不可分だったのである。

『贈られた眼の記録』

〈付　記〉

一つだけ最後まで私の心から離れないものがある。それはこの本の内容の性質上、これは盲人の方たち用のテープに吹きこまれるであろうということである。しかし、私は「見えた」という話を実はどうしてもしたくないような気がしている。私が努力して得たものでもない、いわば純粋に贈られたものを、見せびらかすことは心ないと思うのである。

これが一面で「記録すべきものを記録すること」を目的に書かれた以上、私が生まれて初めての世界を見た、その時の思いを記さないわけには行かない。しかし、そのことに私は深くためらってもいる。盲人の方たちは、私が逃げ出して、超えられなかった苦しみをくぐり抜けた方たちである。いたわる必要はないのかもしれない。むしろ祝福を送って下さるのかもしれない、と思いつつ、私の心にはやはりひるむものが残るのである。

# 偶然の重なりから生み出されるもの

## 「マダガスカル物語」の始まり

アフリカが私の目の前をちらつきだしたのはもう何年も前になるが、私は周囲の状況が、どうしても私にそっちへおいで、と言うようになるまでは、軽々に手をつけないつもりでいた。

若い時、私はまず初めに東南アジアにのめりこんだ。次に聖書の勉強とオイル・ショックという二つの奇妙な取り合わせのおかげで、中近東へ出入りする機運が向いてきた。それで充分で、アフリカや当時のソ連圏など、いまさら勉強できるものではない、という気がしていたのである。

しかしもしアフリカに手をつけるなら、私はたんなる旅行者ではなく、確実にその土地の生活に一歩踏み入った、という状態で触れなければならない、という気はしていた。それが、やや叶えられたのは、『時の止まった赤ん坊』という題の新聞小説を、毎日新聞の朝刊に連載（一九八三年）することになったからである。

この作品が生まれるまでの経緯にも、またその結果にも、それ自体が一つの小説になりそうなおもしろさと偶然が重なった。しかも、私はこの小説の連載中に、四十五日間のサハラ砂漠縦断をした。一口にアフリカと言っても、マダガスカルとサハラは遠く、気候風土も全く違うが、サハラの旅が遠くからマダガスカル理解に力があったことは否めない。

近年になって、アフリカは急に人々の意識の上でファッションになった。日本人は飽食していて、アフリカは飢えているという図式からなのだろうか。しかしどんな不純な動機であろうと、関心をもつことは持たないことよりはるかにいいのである。

アフリカの存在は、私たちにとって、一つの踏み絵である。アフリカの貧困、飢餓、その独特の精神構造などに対して、自分がどう考え、何をして何をしなかったか、を厳密に自覚することは、自分を測る格好の目安である。これまで日本人にとって、アフリカは遠い無縁の荒野であった。しかし、そこにも強烈で、屈折した、人間共通の苦悩があることに、やっと日本人は気付き始めたのである。

『時の止まった赤ん坊　下』

## シスター遠藤が蒔いた種
### 「マダガスカル物語」はまだ終わらない

人生に節目の年などがあると私は信じていなかったのだが、後から考えてみると正にそれに符合する「時の仕業」があるのかもしれないと思える。一九八三年は私にとってその年であった。

その年の二月に私は八十三歳の母を見送った。この母と私は、現世で半世紀以上も一緒に暮らしたのである。いいも悪いもない。父母は夫婦仲がよくなかったので、母は私が結婚した後も、私たちと一緒に住むものと決めていたようである。もっとも母は子育てを手伝ってくれたので、そのおかげで私は作家活動を続けられた。

晩年の母は少し惚け、やがてまともな喜怒哀楽の反応を示さなくなった。母の亡くなる二年前に、私はそれまで殆ど視力を失っていた眼の手術を受けた。

豊明《とよあけ》の病院に発つ時、私は母の枕元で「これから手術を受けて来ますからね」と言ったが、それまであらゆる人生の出来事に対して過剰なほどの反応を示す母が「そう」と言っただけだった。私はそれを救いだと思ったことを今でもはっきりと覚えている。

手術の結果、私はかつてなかった程の視力を得るようになった。その幸運に馴れるまでに暫《しばら》くかかった。私は見えすぎる視力をどう扱っていいか戸惑っていた節《ふし》がある。その心理の調節に二年ほどかかった後で、私は日本に心配の種を残さずに出歩けるようになっている自分を発見した。

一九八三年三月、私は予《かね》てから会いたいと思っていたシスター遠藤能子《よしこ》に会うためにマダガスカルに行くことを決めた。シスター・遠藤は私より十二歳年下の修道女で、たった一人でマダガスカルの首都から一七〇キロ南に下ったアンツィラベという地方都市に入って、助産師（看護師）として働いていた。

初めての訪問の手続きをしている間にも、私はその土地に伴う日本では考えられないような困難が次第によくわかるようになった。

その時、私が日本から運んでくれと頼まれた薬のリストの中で、一番高価だったものは今でもよく覚えているが、子宮収縮剤であった。

マダガスカルでは一人の母が八人も十人も子供を生むことはざらであった。そのような度《たび》重なる出産の後では、しばしば子宮はノーマルに収縮せず、大出血を伴うケースも多い。するとこの母は、上にたくさんの子供を残して出産で死ぬことになる。だから他の薬を諦めてもそれだけは持ってきてほしい、というのがシスターからの手紙の趣旨だった。その時の取材を元に書かれたのが『時の止まった赤ん坊』である。

時々現れる詮索《せんさく》好きな読者によって創作の中の主人公が、しばしば実在の人と混同されることを防ぐために、私はその時も出発前にかなり細かい筋立てまで終えてからパリ経由でマダガスカルに向かったのである。

私はシスターのいる修道院に泊めてもらい、夜でもシスターが急患で起こされる度に、一緒に階下の診察室に駆け下りた。そのような救急の場合に遅れないために、私はやがて昼間と同じ服装のままベッドに入るようになった。

アンツィラベに滞在した約二週間ほどの日々が、私に与えた影響がこんなにも大きいとは、私自身思わなかったのだ。私は命の瀬戸際に立たされている人々の暮らしを毎日のように見た。アンツィラベにはその時、何もなかった。酸素も風邪薬もビタミン剤も、石鹸も薬包紙もヒモも紙袋も、何もかもなかった。私はそこで初めて貧困の原型を知った。

もっとも信じられないできごとも起きた。取材の最後の日、私は首都のホテルの最上階にあるカジノに行き、そこでたった二回だけ、ルーレットで極く少額の掛け金を儲けた。そして信じられないことに二回とも、全く無駄な目に張ることなく当てたのである。

こんな僥倖は普通あり得ない。もっともこのカジノは、掛け金の上限が決められているというみみっちい博打場だったので、私の二度の荒稼ぎ分のお金はほんとうに僅かだった。しかしそのお金と、私が遠慮したにもかかわらず（当時から私は取材費を出版社に出してもらう習慣をやめていた）毎日新聞社がお餞別《せんべつ》としてくれた二十万円と共に、私は海外邦人宣教者活動援助後援会をスタートさせることになった。私は自分の不信仰を棚に上げて、普通神様は教会にいらっしゃるというけれど、カジノにもいらっしゃるのだ、と言ったのはその時のことである。

私にとっての深い痛恨は、シスター遠藤能子が二〇〇六年十二月十六日、心臓疾患のために亡くなったことである。聖書には「一粒の麦は、地に落ちて死ななければ、一粒のままである。だが、死ねば、多くの実を結ぶ」（ヨハネによる福音書12—24）という一節があるが、シスターは正にその言葉を生きたのであった。そしてシスターの遺志は後に二人の看護師のシスターたち、牧野幸江《ゆきえ》と平間理子《ひらまさとこ》がマダガスカルに入ったことによって受け継がれた。

現実の「マダガスカル物語」はまだここで終わらないのである。それから五年後、シスター遠藤能子のマダガスカルに残した種は更に大きく育つことになった。マダガスカルには、まだ健康保険もなければ、首都以外の土地には、国際的なレベルの手術室を備えた病院などもない。その現実の背後には、日本だったら救われて当然の多くの患者が放置されていることを示している。

私は二〇〇七年に左の足首を折って、自宅の近くの昭和大学病院で手術を受けた。その時、形成外科のドクターたちとも知り合い、本当にそれだけのきっかけで、昭和大学がお得意とする口唇口蓋裂《こうしんこうがいれつ》の子供たちの形成手術が、日本から医師たちを派遣することでマダガスカルで実現することになった。

こうした子供たちは、貧しい家庭に生まれ、個人的にも社会的にも国家的にも、それまで「狼のように裂けた口」や「唇から牙のように突き出した歯」を治す方途もなく放置されたままでいたのである。

かつてシスター遠藤が素朴な産院を開いていたアンツィラベには、その時までに日本からの援助で、国際的なレベルを保つ手術室が完成していた。第一回の手術は二〇一一年、東日本大震災の三カ月後に、日本から外科医二人、麻酔医三人、看護師二人が派遣されて行われ、三十二人の子供たちが手術を受け全員が成功した。幸いにも二〇一二年と二〇一三年にも続けてこの医師団の派遣は実現し、継続している。

この三年間だけで既に七十六人の子供たちが、殆ど痕跡がわからないまでに健康な顔を取り戻し、普通の子供らしい笑顔を見せて、村に帰って行った。シスター遠藤能子の蒔いた種はこうして実り始めたのである。

今も時々、日本人の旅行者が、『時の止まった赤ん坊』の古い文庫本を持ってこのアベ・マリア産院を訪ねてくるという。しかし長い年月、再版されなかったので、私の手持ちの本は底をつき、マダガスカルへ行く医師たちに読んでもらう予備もないほどになっていた。今回、海竜社のご好意で再版されることになって、これほど嬉しいことはない。

『新版　時の止まった赤ん坊』

# 私はただ砂漠に行きたかっただけかもしれない

## サハラ縦断への理不尽な情熱

一九八三年十月末から十二月上旬にかけて、私はサハラ砂漠の旅に出た。

いや、サハラに関する限り、こういう言い方は許されない。常識的な旅をしようとすれば、砂漠の旅は、常に数人が二台以上の車で行くべきであって、私もまたその砂漠のルールに従ったのである。

メンバーは私を含めて六人であり、その人々の紹介は後で述べる。

出発地はパリ。目的地は象牙海岸国（コートジボワール）の首都アビジャン。この間、走行距離は約八〇〇〇キロであった。

パリからマルセイユまでは、高速道路を使い、リヨン経由二日の旅である。マルセイユからは、フランス船、リベルテ号（一万七六七トン、二一・五ノット）

に車を積み込み、一晩、二十時間で地中海を渡ってアルジェに着く。

そこから、私たちは、車をアルジェに置いてタッシリ・ナジェールとタマンラセットへの八日間の旅に出た。

この旅行の目的は、タッシリ・ナジェール地方にある、一番古いものでは紀元前八〇〇〇年と言われる岩絵を見ることと、タマンラセットでは、砂漠の隠修《いんしゅう》士《し》としての生涯を生き、一九一六年、イスラム過激派に殺害されたシャルル・ド・フーコー神父の庵《いおり》を見ることであった。

タッシリ・ナジェールには、自動車道などないので、一日中、月世界か、地獄のような岩の荒野を歩くほかはない。一日の行程は一五キロから二〇キロ程度であった。

飛行機でアルジェに戻ってから、そこで最後の装備を整えて、私たちは自動車による砂漠縦断の旅にでた。

この部分は三つに分けねばならない。

第一の部分は、アルジェリア国内の北部砂漠で、アルジェ、ガルダイア、ティミムーン、エル・ゴレア、ベニ・アベスといったオアシスが弧を描いて並んでいる。道は舗装道路であり、モロッコに近い砂漠部分は、グラン・エルグと言われるだけあって、高さ、数メートルから数十メートルもあるような砥《と》の粉《こ》色の大砂丘が続いている。舗装道路にも、SF小説の食肉植物のような砂が、随所にはみ出して来ている。

その後、私たちは南下し、アドラールを最後の補給基地として、砂漠縦断の旅の準備をした。砂漠のルートとしては、サハラの一番西側を北から南へ抜ける道を取った。

アドラールからさらに南に一五〇〇キロほど行ったところにレガンヌという小さな村がある。そこで本当に最後のガソリンの補給ができる。これから先、マリ国のガオまで一四八〇キロ、水もガソリンもない。この第二の部分がサハラの最も厄介な地域である。

ガオからはニジェール川にそって道を西にとり、マリ国第二の都市、モプティを目指した。そこから南下して約二日でアビジャンに入ったのである。

このコースは、いわば地球を縦割りにして眺めるようなものである。まずパリの温帯海洋性気候から南フランスとアルジェリア北部の亜熱帯乾燥気候に移る。アフリカとはいっても、アルジェの十一月は雨の多い地中海性気候で、セーターを着たいほどの寒さである。文学的な言い方をすると、この冬の地中海性の気候は雨が足許《あしもと》から吹き上げ、愛し合っている男女の仲も、たちまちにして冷めるという感じの気候だと言う。

しかしアルジェから南下してアトラス山脈を越えると熱帯半乾燥気候に入る。そこはもうベルベル人やトゥアレグ人の土地である。サハラに突入すると、いよいよそこは高温乾燥気候になる。

数千キロを抜けて、砂漠の南の端からサバンナが始まると、ふたたび熱帯半乾燥気候帯になる。まだ土地は乾いて荒れているが、地面に這いつくばるような植物が現れて来る。中が白くて苦い味のする野生の瓜である。

そのようにサバンナの植物は初めは低い灌木《かんぼく》や雑草だけだが、次第に下草の丈は高くなり、茂みも豊かになる。そうなると駱駝《らくだ》の姿が消えており、代わって牛がその土地の主役になっている。そしてやがて、私たちはニジェール川にぶつかる。

さらに南下して象牙海岸に近付くにつれて雨季と乾季のある熱帯気候、そして象牙海岸の海の近く、数十キロに達すると、そこからは熱帯多雨気候が始まる。人種としては、ブラック・アフリカと呼ばれるネグロイド系の人たちの土地である。

つまりこのルートをとることによって、地球の壮大な大地に描かれた絵巻物の半分以上は見られることになる。二十一世紀は宇宙開発の時代で、地球を外から眺められることになるのだろうが、私自身は、地球を俯瞰《ふかん》するなら、この程度の地面に這いつくばったような体験で充分満足できると考えたのである。

しかし、そのように整理して言ってしまうとまた嘘のような気もする。

人間の行動の動機はすべて理不尽で愚かなものである。私はただ砂漠へ行きたかっただけなのであろう。そこで何をしたいなどと名目をつけるのは、後からの口実めいた感じがする。私以外の五人も多かれ少なかれ、この理不尽な情熱の虜《とりこ》になった人々であった。

文庫『砂漠・この神の土地』

（メンバー／写真家・熊瀬川紀／考古学者・吉村作治／カーエンジニア・吉村栄二／元雑誌編集者・田辺岳昭《たけあき》／ビデオエンジニア・新井章治）

# 悪を学ぶ最高の教材「ギリシア神話」

## 人間の特性としての悪

聖書世界の勉強のため、トルコ、ギリシア、イタリアなどを歩いているうちに、私は自分がギリシア神話の知識に乏しいことに、ひどく不便を感じるようになった。実は高校の時、イギリス人の修道女の先生に、英語で一通りは習ったのだが、こういうものは小さい時から触れていなければ、さあ、教養をつけましょうという感じでは、とうてい身につかないものなのである。

ギリシア神話に関しては、既に立派な書物がいくらでもあるが、それらの多くは学問的に完璧であるために、あまりに複雑で素人には覚えにくい、という難点がある。しかし西欧で、絵画や彫刻を見たり、オペラを楽しんだり、外国人との会話を交わしたりする時に、ごく普通に使われる程度のギリシア神話の知識なら、子供たちも、今までチャンスのなかった大人たちも、主だった物語くらいは簡単に覚えられるはずだ、というのが私の考えであった。

日本の閣僚が外国の代表との会議の席上で、当然知っていなければならないようなギリシア神話の物語を知らなかったために、一瞬、会話から取り残されたという話を聞いたこともある。

私がギリシア神話に執着するのは、それが「必要な教養」だけだからではない。最近、日本人の教育について、あちこちで見直しをしなければならない、という声が上がっている。

その問題のうちの一つは、日本人が、理想と現実とを混同して、自分はいい人間である、と思いこんだことだろう。学校の先生も「皆いい子」という態度でそれを支持した。ほんとうは現実に「皆いい子」なのではなく、理想が「皆いい子」をめざしているというだけのことである。むしろどの子にも、必ず欠点はあるのだが、美点のない子もいない、と言う代わりに「皆いい子」と言ってしまったのである。

ついこの間まで、私たちの人生は、生き延びることだけでもやっとであった。淘汰は幼児期から容赦《ようしゃ》なく行われ、弱い子は、呼吸器や腸の伝染性疾患などで、ごく幼いうちに死んで行った。幼児期を生き延びても、まだ危険が待っていた。歯を抜いた後でも、お産でも、結核でも、盲腸でも、人々はたやすく死んだ。また死ななくても、治らない病気もあり、一方で、お金がないので病気を治してもらえない人々もたくさんいた。

病気と死、以外にも、人々は、貧困や不法な運命などに苦しんだ。今でも生きて行くことがやっとだという人々が大半を占める国は地球上に多い。そのような国々では、人間が生きるためには、どのような悪いことでもしなければならないことを人々はよく知っている。裏切り、殺人、盗み、ねたみ、詐欺、強奪、歪んだ性欲……これらのことは人間が生きる上で避けて通れないことであった。

よく日本の新聞は「鬼のような母」とか「残酷きわまる殺人」とかいう言葉で犯罪者を報道するが、こういう時私はふと、この記事を書いた人はギリシア神話を読んだことがないのではないかな、と思ってしまう。それほどギリシア神話には、悪の原型も、およそ人間の考えられる限りの完璧さで取り揃えられており、どんなひどい話を聞いても、ギリシア神話と引き比べれば、今さら驚くことはない、と考えてしまう。

つまり悪を学ぶには、ギリシア神話が最高の教材、と思えるのである。

悪に触れてはいけない、というのが、日本の教育の幼児性を示す特徴である。悪は示唆するものではないが、その存在をはっきりと見据えさせるべきものである。そうでなければ、人間が悪を醜いと感じたり戦慄《せんりつ》したりすることでそこから遠ざかり、逆に厳しく烈しく善に向かう、という過程を味わうこともできない。

ギリシア神話を読んでいると、そこに悪でさえも人間の特性として大らかに冷静に受け止める精神の強靭《きょうじん》さと豊かさが感じられる。むしろその中から、人間の悲しみも、共通の運命に対する優しさも出てくるのである。しかし日本人には絶対的な悪の概念が明確に存在しないから、崇高さもよくわからないのである。

むしろ悪は、人間の歴史と文化の一つの資産と考えるべきである。人間が悪に対するベテランでなければ、その人は、無菌室で育った子供のようなもので、とうてい世間の真っ只中で活躍するということもできない。少なくとも、私はカトリックの信仰から、人間の悪に対して少しも眼を背けることなく生きることを教えられ、その結果むしろ人間に対する深い尊敬を知ったのである。

『ギリシアの神々』

# 人生の素顔

## ギリシアの英雄の骨太な生き方

　ギリシアの英雄たちは、ギリシアの神々と同様、色彩のはっきりした性格の持主である。その生涯は振幅の大きい運命に弄《もてあそ》ばれ、平凡な人生しか送らない私たちの生活からは、ほど遠いように見えるかもしれない。

　しかし私は、しばしば彼らが、既に私たちの生きなければならない人生を、部分的に先取りして生きてしまっていることに感嘆するのである。物語中の物語と言えそうな彼らの身上に起きたことは、実は部分的には私たちの上にも起き得るのである。

　人生には、よく、本音と建前の部分がある、と言われる。建前は理想を述べるのだし、本音は人の素顔と現実を語るのである。今の日本人の生活は次第次第に建前の言葉が多くなって来た。自分は人道主義者であり、世界は平和を望んでおり、役人はずるをしない人で、親は子供を慈《いつく》しむのが当然。自分もまたその範疇に入る一人である、という言い方である。公然と世論が認めているのは、姦通《かんつう》くらいなものだろうか。女性週刊誌などを読んでいると、そうとしか思えない記事によくぶつかる。

もちろん多くの人たちは、極めて道徳的な生活をしている。それは、日本が今、自由で、ものも豊かで、戦争もないから、自分の醜い部分を露出しなくて済んでいるからである。しかし私たちは一度、戦乱に巻き込まれ、今日食べるものもなく、住む家もないという不運に見舞われたら、いったいどんなふうに自分を律していけるのだろうか。

ギリシアの英雄たちは、むしろここで、私たちに代わって本音の人生を生きて見せてくれている。その地獄のような、修羅場のような激しさと厳しさが、恐らく人生の素顔なのである。

彼らは物語の中で、私たちと同じように、恐れ、呪い、裏切られ、執着し、泣き、苦しみ、もがく。英雄だからと言って、取り澄ましたよそいきの顔を保ち続けているということはない。しかし私たちはそこに、彼らの強さ、正直さ、ひたむきさ、誠実などを見て心打たれるのである。

日本人が今後学ばねばならないのは、道徳を口にすることではない。むしろ悪の何であるかを学び、弱さを知り、悲しみを正視し、その中から、自分自身は現実にどこまで何をなし得るか、を冷静に知ることであろう。それを思うと、ギリシアの英雄たちの一見惨憺《さんたん》たる生涯も、むしろ、私たちに多くの骨太な人生の実相を見せてくれるのである。

『ギリシアの英雄たち』

## なあんだ、それだけのことか

### 「ほんとの話」は「ほんとうの話」ではない

男でも女でも、心の通じた（と思われる）仲間が数人集って、「ほんとの話……」と前置きして、大きな声で言ったら世間に差し障りのあるようなことを密かにしゃべり散らして精神の解放を試みる、ということはよくあるものである。

その場合の「ほんとの話」は決して「ほんとうの話」ではないので、私のこの本の題もその程度の軽いものと思って頂きたい。

しかし「ほんとうの話」をすることの何とむずかしいことか。そしてまた私のように、失うと困る何ものも持っていない無頼な立場ならいいが、すぐ地位や良識や立場や責任を問われる仕事を持つ人だったら、今の日本では言論の自由はあっても、ほんとうのことを言うのに何とむずかしい別の空気があることか。

このエッセイは「暮しの手帖」の昭和五十二（一九七七）年春号から五十四

（一九七九）年秋号まで十回にわたって書いたものである。本にするために手を入れなければ、と思っているうちに、私は視力障害を伴う病気になり、丸三年ほど執筆から遠ざかった。手術の結果、眼がよくなると、今度は手を入れるよりも、新たに書きたいものがたくさんでてきて、そちらの方に心が引きずられ、私はその作業をずいぶんながい間放置した。今回、一冊にまとめるに当たって、最低限の整理をしただけ、というのが実情である。

ただ、「音楽について」と「女の器量について」の二章だけは、興がわいたので或る日思い立って書き加えた。また、各章の題も、それと同じような形に改めた。「……について」という題のつけ方は、マキャヴェッリの『君主論』、J・S・ミルの『自由論』もそうだそうだが、私としてはフランシス・ベーコンの『随想集』を真似したつもりである。私はこの作品を学生時代に読み（厳密に言うと読まされ）、非常に感動した。「女の器量について」は、私が娘時代から写真嫌いであることの言い訳を書いたものだが、一言でいえば「なぁんだ、それだけのことか」と言わざるを得ないような素朴な理由で、我ながらおかしくなる。しかし私はこの頃、奇妙な人間、バカな人間、偏《かたよ》った困る人間、として生きることに少し安定を感じているので、今後パーティー嫌いと共に、写真嫌いなども通させてもらうつもりである。

手を入れながら、まだまだ「ほんとうの話」はあるものだな、と思った。「パーティーについて」も残っているし、「財産と税金について」とか「文学賞と文芸評論について」とか「律儀者と怠け者の扱い方について」とか「老後の楽しみと死ぬ時期について」とか「捨てる人と捨てない人について」とか、無限にありそうである。それを全部書き終わるのを待っていたら、それこそいつ本ができるかわからないので、今回はこれで終わりにする。

誰でも満身創痍《まんしんそうい》になれば、かなりおもしろいものが書ける。しかし満身創痍になるほどの勇気もなく、かつそれほど気負わなくても、今よりもう少し愛想をつかされることとさえ覚悟すれば、けっこう自由に書ける。そんなものである。

『ほんとうの話』

# 心の荒野にある時に

## 自分を取り戻す方法

この本ができたのは、大分前、一人の読者から受け取った手紙がきっかけである。その方は、私の書くものをかなり読んでくださってはいたのだが、読書の時間は限られているので、さわりの部分だけを集めたものはないのでしょうか、と聞いて来てくださったのである。

当時、私は今より若くて少しまじめだったので（誰の作品にせよ）簡単にその全貌を知るなどという方法はない。それに本というものは、忙しいのに何も無理して読むこともない、とまともに考えたのだった。「昼寝は読書にまさる」というようなことを言ったギリシアの賢人はいないものか、と私はふざけて思ったものである。

しかし月日が経つと、忙しい人が、限りある時間で読書をするということは、大変なことだとしみじみ思うようになった。私自身、雑用が増えるとまず読書の時間から削る。食事を一食抜いても本を読もうなどとは決してしないのである。

しかし小説書きにとって、四十代から後というのは、黄金の時代だと思うようになった。年をとったからといって、小説が「うまく」なったわけでもないが、書く姿勢が自然体になったような気はする。書くものがなくなれば書かなければいい。書けるものがあるうちだけ書く。それはいつまでか。死ぬまでなのか、来年で終わりなのか。予測が少しもつかないところが楽しい。

突如として心境の変化を来すこともあるかもしれない。私が突然、小説よりもモザイク造りの職人になろう、と思わないという保証はないのである。モザイクの方が、私にとっては明らかにむずかしいだろうから、楽な小説の方を続ける可能性の方が強いが、それでも、私は今ほど自分の変心（変身）を期待している時はないほどである。

かつてシナイの砂漠を兵員輸送車で旅した時、往年の兵士だったというユダヤ人のドライバーは、その日の宿営地（といっても何もない砂漠の一地点）に着くと、まず大地にどっかと座り、三十分ほど瞑想した。

人はいかなる荒野にあっても、心身を痛めつけられていない限り、自分を取り戻す方法はある。この本は空疎な荒野に似た作品の断片に過ぎないが、その中から心豊かな読者は却って自由に、ご自分の世界を構築してくださるはずだと思っている。

『失敗という人生はない』

# 東京に生まれ、暮らし、老いる

## 私の都会礼讃

私は昭和六（一九三一）年九月、東京の葛飾区に生まれた。もっと厳密に言えば、昔の人が「墨田川の向こうなんて東京じゃない」という土地の生まれである。戸籍でも、当時そこは南葛飾郡であった。

私は自分の魂のどこか先っぽの方に、錨《いかり》のようなものがついており、その錨が、葛飾の泥土に深く打ち込まれているのを感じる。私の生まれた頃の葛飾は、まだ賑わっている土地ではなかった。母の言葉によれば、私たちの住んでいたところは「三尺（約九〇センチ）掘れば水が出る」場所だったという。しかし私の心はどこかではっきりとそこに所属していて、しかもそのことを喜んでいる。

私は、満四歳の時に、今住んでいる大田区に移り住んだ。子供としての記憶は主にそこから始まる。大田区も当時は大森区と言った。大正十年頃から電鉄会社が、畑を造成して売り出したという新興の住宅地で、私の父母のように、麴町、麻布のような高級住宅地はもちろん、牛込、本郷のようなアッパー・ミドルのための土地さえ買えなかった人たちのためのものであった。

私の育った家は、すべてが日本風で、ただ一間だけ西洋風の応接間のついたものだった。食堂などというものはなく、居間の八畳の卓袱台《ちゃぶだい》でご飯を食べたが、同時にそれは父と母の寝室でもあった。外との境は冬でも障子だけだった。

二メートルに近い深い土庇《どびさし》がついていたので、凄まじい吹き降りの時でもなければ、障子に雨がかかるということはなかったが、夜になって雨戸を閉める時以外は冬でも障子一枚で外界と接しているのだから、暖房を完全にすることなどとても考えられない。しかし私が辛かったのは、こういう防音の不可能な家で、父が母を大きな声で叱ったり、二人がいさかいのような状態になって声を張り上げることだった。私は隣家にこの声が聞こえることを恐れて、自分のことでもないのに、いつも身を竦《すく》めていた。

私の部屋は子供部屋と呼ばれて、七畳ほどの和室に六畳のサンルームがついたものだった。そういうところだけしゃれたつもりだったのだろうし、父母が一人娘の私に甘かったこともわかる。

私は五歳の時に、当時は知る人もあまり多くなかった私立の、修道院付属の幼稚園に入れられた。結婚生活が不幸だった母は、私に宗教的な教育を受けさせたいと望んだのだという。

最初の受け持ちはイギリス人の修道女であった。私はつまり五歳の時から英語教育を受け、キリスト教的な発想の中で育てられた。単に東京で教育を受けたというだけのことだったら、私は決して今のような性格にはならなかったであろう。私の中に、人間関係の他にもっと大切な神との関係がある、という実感があることはすべてのことに大きく影響している。

ユダヤ人も旧約の時代から、誰もが外からは窺い知ることのできない神との密かな関係を何よりも重視した。本当の個人主義は、神の存在なくしてはその概念を完成しえないものだということが、今の私にはよくわかる。そこから私の都会的個人主義も、単に習俗の問題を超えて、深い根を持てたのである。

それ以来、私はさまざまな成り行きから、同じ土地に住んでいる。葛飾に建っていた古家を移築したという大田区の家は、昭和四十年頃に建て替え、今の夫の好みで和室のない家になっている（しかし外見も内装も和風でカーテンというものが一枚もない家なので、外国人はおもしろがってくれる）。

私は東京で育ち、東京で戦争を体験し、東京で学び、東京で結婚し、東京で子育てをし、東京のマスコミの中で揉《も》まれた。東京を憧れの土地として見ることもなかったが、東京の中で深く呼吸して、悲しみと幸福を二つながら充分に味わった。私は東京を知っているように思う。

最近こそいささか空気が変わったが、東京については誰もあまり語らない。それは、後に触れることになると思うが、東京というところは、恥じらいが深く、郷土愛などというものを持つことを照れる土地だからなのである。東京に住む以上、野暮であってはならず、むしろ、粋であることを好む、という空気がある。

もちろんそれに似た気風は、ほかの土地にもあるであろう。しかし東京の粋は、先天的に深く沈黙している。例えば京都の洗練、金沢の優雅、大阪の洒脱、と東京の粋とは、やはり明らかに肌合が違っているのである。

このエッセイで、私は「都会の幸福」を、箍《たが》をはずして謳《うた》うつもりだが、学者たちはまず、都会とは何かを定義せよ、というであろう。「人がたくさん住み、商工業が盛んで、文化的設備が多くある土地」などという定義も充分でない。「たくさん住む」というたくさんは何万からなのか。

昔、誰かが「私は人口百万以下の土地には住みたくない」と書いているのを読んだことがある。とすると、名古屋、横浜、福岡も立派な都会である。

そこで私は、自分の知らない土地を論じる無謀と危険を避けるために、この際「都会とは東京のことを指す」と極めて私小説的に限定した方がよさそうに思う。私はニューヨークにはほんの数日滞在したことがあるだけだし、パリも通りかかったことがあるだけだから、抽象的な都会を論じることは不可能なのである。

多くの人が東京を捨てるが、反対に多くの人が東京に来ると、もう決して故郷へは帰らない。それほどに東京は一部の人にとっては、住みいい土地なのである。

多くの地方人は自分の故郷がいいと言う。東京に出張があって数日仕事をして故郷に帰って来ると、しみじみほっとする、と東京人の私に言う。

東京人は決してこういうことを地方人には言わない。そして地方がいいという話をされると「そうでしょうね。東京は空気も悪いし、うまいものもないですからね」と相槌をうつ。

これは、もしかすると、東京人の「悪意」ではないか、と私は思うようになった。言ってもわかりっこないのだから、そう思い込んでいる人には、そう思わせておくのがいい、という判断なのだとしか思えない。

しかし東京という所は複雑な要素と巨大なエネルギーを持った土地なのである。ついさっき私は東京を知っていると思うと書いたが、東京という土地は私のそういう思い上がりを、反対も唱《とな》えずに嘲笑的に裏切るようなところがある。

私は幸運にも、いい時代の、いい土地に生きた。実生活では、暗いことも辛いこともあったが、上等の人々と、上質のものに、たくさん巡り合ってその邂逅《かいこう》を深く感謝した。これを幸福と言わなくて何であろう。

『都会の幸福』

# 第4章

# 会って、その人の顔を見るということ

1983年、45日間のサハラ砂漠縦断の旅へ。（撮影：熊瀬川 紀）

# 何という不思議なことか！

## 結婚によって得る「別の肉親」

昭和五十四（一九七九）年頃から、私は生まれつきのひどい近視に加えて、急に視力がなくなるのを感じた。四十代の私は、それまでになく、たくさんの仕事をしていて、体力に過信があったのかもしれなかった。

その結果、「弱り目にたたり目」という、人間が落ち目になった時の表現は、私の目のような状態からでたものかな、と思うほど視力が落ちてきた。

昭和五十五年の春、ついに読み書きが不可能になった時、私は六本の連載をすべて中断しなければならなかった。小説を書き始めて二十六年めに、初めて私は病気によって雑誌に迷惑をかけることになった。そのうちの一本がこのエッセイだったのである。

昭和五十六年に受けた眼の手術が成功して、私は三番目の人生を歩きだすことになった。今までより、もっとすばらしく、もっと哀しい人生を私は見られるようになっていた。

ということは、決して小説がうまくなったということでもなければ、私が考え深い人間になったということでもない。時間は確実に人間の肉体を衰えさせ、死に近づける。しかしそれにもかかわらず、人間の魂の一部が、それまでになかった感動に反応するようになることもあるのである。

生まれてこの方、〇・〇二以下の視力しかなかった私が、今は裸眼で運転するようになっている。軽い遠視の眼鏡で補強すれば、私は一・五の視力を得て、サハラ縦断八〇〇〇キロの砂漠の旅で、全く一人前の運転手の役も務まったのであった。

そんなことで、人間が変わるものかどうか私には分からない。「変わるとしたら間違いなく悪い方に変わるでしょうね。眼もよくなる、文学もよくなる、ということは通常考えられませんからね」と言った友達もいるから、きっとだめな方に変わっただろうとは思う。

しかし、もうそのようなことも、私の力ではどうにもできない。私はただ、今、この悪夢のように感動的な、残照をあかあかと浴びた息をもつけぬ壮麗な現世の真正面に引き据えられて、濃密な時間を生きているだけだ。

唯一の自覚としては、すべての作品が、中断する前と後とで、恐ろしく変わってしまったことを感じただけである。初めは繋《つな》ぐことさえ不可能に思えたほどであった。事実、その点がうまく行かなかった作品も出たと思う。このエッセイがそうだったら、心からお許しを頂くほかはない。失敗をすることが、私の運命であったのだから。

結婚というもので、一人娘だった私は、別の肉親を得た。何という不思議なことだろう。その一点さえ、私はまだ信じがたい思いでいる。

『夫婦、この不思議な関係』

# 夫婦は「他人」と関わる究極の関係

## 人生のドラマの主役

文章を書く時、対象になるものが明確に見えていることが、よい文章を書く基本だ、と思っている。よくわからない時は、書き始めずに、見えるまで待つべきだ、という原則を、自分でもできるだけ守ってきたし、若い人に文章作法を話す時にもそう言って来た。

しかしそういう体裁のいいことを口にしながら、時々それに反するようなことも平気でやる。夫婦について書く、などということもその一つである。

人事《ひとごと》のようだが、よくもこういう書きにくいテーマに手をつけたものだ、と思う。私の性格の中に、蛮勇といい加減さと、両方があったから、こういう「快挙」ならぬ「怪挙」になったのだろう。

しかし幼い時から、仲の悪い両親の一人娘として育って来た私にとって、人生のドラマの主役は常に夫婦であった。

夫婦というものはおかしなものである。極限の愛から一方の裏切りによって極限の憎しみへ、極限の一体性から死別によって極限の喪失感へ、完全な他人から長い年月の間に擬似肉親へ、と夫婦の心理の変化の振幅は非常に大きい。

親と子は、一定の時期に別れる。生活が別になることも多いし、普通に行っても子供が五、六十代に親は死んで行く。しかし夫婦は時には五十年以上も一緒に暮らすのである。

夫婦の生活が幸福なら人生は信頼するに足りるものとなり、夫婦の生活に憎悪が入り込んでくれれば現世は懐疑に満ちた世界になる。私たちは決して他人とそれほどには深く関わらない。夫婦とは何という不思議な人間関係なのだろう。私は驚いてこのエッセイを書いてしまったに違いないのである。

新書版『夫婦、この不思議な関係』

# 人間の悪を正視する試み

## 一人の人間の中の光と影

書く側の内部事情など、あまりしゃべるべきではないのだろうが、新聞小説というものは、途中で死なないで書き終えれば、それで九割方責任を果たしたことになる、と私は思って来た。実は仕事のあらゆるものがそうだと思う。

完成した作品の出来がよければ、それが最高なのだが、小説にも、読者と作者の好みがあり、制作過程にはさまざまな偶然もつきまとうので、作品の出来も運が半分になる。

いつものことだけれど、その意味で、生きて書き終えられたことを深く感謝している。別に今、病気がなくても、人間はいつ死ぬかわからないのだから、仕事を終えられたということは、やはりただならぬ幸運だと思う。

五十歳を過ぎたころから、私は人生の残りの時間に、人間の悪を正視する作品を書きたいと考え始めた。今の日本には、悪について、考えてもいけない、触れてもいけない、書いてもいけないとする気風が勢いを増して来ている。その風潮が、マスコミや文学の世界の一部にさえ増殖して来ているので、私は時々息が詰まりそうになる。

それは恐らく日本が幸運によって長い間平和だったので、戦争や動乱、飢餓や災害、などがあれば、必ず露呈される人間（自分）の弱さや卑怯さがむき出しになるチャンスもなくて済んでいるから、ずっと自分が人道的な人間、信頼に値する立派な性格だと信じて来られたからだろう、と思う。

まだ若い時、私は初めてヨーロッパへ行き、自分のカトリックの信仰とも関係のある多くの有名な教会の中に恐る恐る足を踏み入れた。どの教会も内部は暗く、寒く、墓だらけで、時には抽象的にだけれど、死の匂いがした。

しかしそういう暗い冷たい教会でこそ、バラ窓に射す陽《ひ》の光のみごとさは、この世のものとは思えなかった。教会の内部が暗くて、悪と死の匂いのする暗い現世を暗示していなかったら、私たちは救いの希望の象徴として輝くバラ窓の光にそれほど感動するわけがない、ということが、やっとわかったのである。

闇《やみ》があってこそ、光が見えるのである。

いかなる画家も、陰影《かげ》なしに光を描くことはできない。文学も同様である。人間の悪を正視しない限り、人間の奥行きの深さや偉大さを、見ることも書くこともできない。その意味で、悪を正視するという作業は、私にとって人間を描くための基本的な仕事になりそうであった。

もっとも「偉大なる罪」などというものはやたらに存在するものではない。偉大な罪を犯すということは、一種の人並みはずれたマイナスの才能であって、私たちの多くは幸か不幸かそのような能力を持ち合わせていない。

私たちが簡単にできるのは、むしろケチな悪の行為である。でも、ケチな、という形容詞のつく「もの」や「こと」が、私はかなり好きで、ケチな悪、ケチな善行、ケチな卑怯さ、ケチな勇気、ケチなお金、といったものにはすべて親しみが持てて、心も休まる。そしてそれだけで笑いを誘われることもあれば、自己批判の材料になることもある。

『夢に殉《じゅん》ず』の主人公・天馬翔《てんましょう》も、ケチな生き方に徹した人物であった。しかし徹底した凡庸《ぼんよう》さは、多くの場合、非凡に繋がるということも私の信じている力学なので、その結果彼は、現代の人の九〇パーセントまでが失っていると思われる魂の自由を、傷つきながらにせよ手に入れるのである。

人道やヒューマニズムと同様、自由というものも、今や私たちは錯覚で手にしていると思っているに過ぎない。しかし、世間で組織に属し、責任ある地位にいる人は、一人として、この天馬翔が得ていたほどのささやかな「言葉と思考と行動の自由」さえ持っていないように見える。

「すべてのものには代価を払わねばならない」というのが、昔からの私の好きな言葉である。だから人々が責任ある地位のためにいささかの自由を犠牲にすることも当然なら、天馬翔のような男が、この志低いケチな自由のために、愚かと見える死を遂げることも自然であろう。

ローマの詩人オウィディウス（紀元前四三年〜紀元後一八年ごろ）は「私はより善きものを知っている。そして私はそれを是認する。しかし私はより悪しきものを追求している」と言ったという。

人間の中の光と影のあからさまな姿を、私はこれからも追求して行きたい。それこそが人間賛歌だと感じているからである。

『夢に殉ず　下』

# 健全な不足

## 魂の柔軟さを保つために

「自分の顔、相手の顔」は、大阪新聞、産経新聞、北国新聞に順次連載されているものである。初めは百回くらいで、家庭のこと、仕事のこと、社会のことなど、身近な話を、小説家の眼に入る世界のことだから、それこそ「大きな説」ではなく「小さな説」として書くつもりだったのだが、少し長くなっている。

日本はここ数年間、不景気で大変だと言うが、私は今でも日本は幸運な国だと思っている。倒産する会社はそれなりに自分で原因を作っていたのだ。

今、日本には乞食もいない。餓死者も出ていない。阪神・淡路大震災は大きな災害だったが、あれをきっかけに暴動や殺戮《さつりく》も起きなかった。皆、一応雨の漏らない家に住み、冷蔵庫を持ち、お湯で体を洗い、予防接種を受け、何かあれば救急車が出動してきて一円も持っていなくても病院へ運んでくれる。警察官は誠実な人たちである。こんな国家が地球上にどれだけあるか。

素人の、鼠みたいな本能的感覚だけれど、社会も個人も、あまり過度の安楽や贅沢を夢見ないことだ、とこのごろ考えるようになった。おいしい牛肉とミルクを更にたっぷり取ろうとしてクローン牛を作ろうとしたり、宇宙にやたらに衛星を打ち上げたりすると、何かが狂ってくる。

モルディヴというインド洋に浮かぶ島は、最高の場所でも海抜一・八メートルしかない、とNHKの番組で教えてもらった。近年地球の温暖化の影響を受けて、水位がどんどん上がってくるので、島自体、国土そのものが消え失せてしまいかけているという。こういう不安は救ってあげたい。

電気のある生活に馴れ切って、子供も大人も、今は苦難に耐える方法を学んでいない。普段は便利そのものの高層ビルに住む人は、停電になったら悲惨なものだ、ということも考えたことがないようだ。まず数十階階段を上らねばならないし、水も運び上げ、トイレはほとんど使えなくなる。

アフリカに旅行すると、飲み水に用心しなければならないが、ボトルの水が買えなかったら少し汚い水でも沈澱を待ち、上澄みの部分の水を煮沸消毒すれば何とかなる、と言うと、そういう「方策」は初めて聞いたという顔をするのは秀才大学の卒業生だ。「節度ある潤沢」と「健全な不足」というものがこの世にはありそうに思う。バブルが弾けた時代を生きて、そのことにまだ気付かないとしたら、そしてその体験を以後長く自分の知恵として生かさないとしたら、その時私たちは「大馬鹿者」と言われるだろう。そうした自発的な「ささやかな節制」が、むしろ魂の柔軟さを保つのだろう。

もっとも文中でも始終言っているように「適切」という地点は、ほとんどこの世にあり得ない。少なくとも私にはなかなか捉えられない。世の中の流行には逆らう気構えでいるのだが、今度は自分の中でブランコのような揺れ動きがあって、いつもどちらかに傾斜しすぎて、反省を繰り返すことになっている。

『自分の顔、相手の顔』

# 棄てられた日記

## 快い冷静な関係からの贈り物

今度生まれて初めての日記を出してもらうことになった経緯を簡単に述べる。この本『私日記』は「サンデー毎日」に連載されていたものである。一九九五年十二月から、私は全く思いがけず、日本財団の会長を引き受けることになった。それから約三年間が既に過ぎたのだが、その間に私が見聞きしたことの中には、それまでの私の生活ではなかったことも多く含まれていた。

私はそれらのことをすべて、楽しんだ、ような気がする。余裕綽々《しゃくしゃく》で楽しんだのではない。私は自分の性格をやはりかなり作家的だと思うのは、自分が失敗しても、もう一人の私がそれを笑うことも、記録することもできるという点である。私は公的な仕事と、全く個人的な生活とをモザイクのように受け入れた。仕事の優先順位としては、まず小説、次に財団の仕事と考え続けた。現実的には週に三日財団に出勤し、残りの四日を作家の生活に当てた。

日本財団の空気は実に開放的で、私は「これはご内密に」と言われたことがなかった。徹底した情報の公開が、財団の任務でもある。私は小説もエッセイも書き続けたが、事前に財団の誰かから内容の検閲《けんえつ》など受けたこともないし、事後に文句を言われたこともない。またそういう空気が少しでもあったら、私は即刻辞任していたろう。私は無給の会長だったから、経済的にも時間的にも、やめればとたんに仕事も楽になる。

しかし日本財団の生活の中で、私が普通の暮らしをしていたら、ふれられない面は当然あった。会議の出席／各国の「偉い人」に会うこと／見学（視察という言葉を私は好きでなかった）である。

告白すれば、私は前の二つはおざなり程度にしか任務を果たさなかった。もともと会議が文学をふくよかにする足しになったことがない。もちろんこれは私の個人的な性格の偏りのせいだ。首脳たちとは、「お友達」になれない。

私の考える人間関係は、てっていして肩書抜きで魂の問題を語り続けられるものであり、もっと深く静かで秘密の部分を持ち、計算抜きで長く続くはずのものであった。幸運なことに私は私の不得手《ふえて》とする二つの仕事を、ほとんど笹川陽平理事長におしつけることができた。

私はすべての運命の変化を感謝し、おもしろがって、受け入れていた。私がそうなりたくてなったことではなくても、見せて頂けた世界は貴重なものだろう。私はそれを記録してもいい、と思うようになった。

一つには私が充分に年を取って、自然に、褒めて言えば複雑に、悪く言えばいい加減に、人生の受け止め方ができる年になっていたのだと思う。しかしあくまで書き残すのは、作家として女々《めめ》しい部分だけにしたいと望んでいたのもほんとうである。

「私日記」の連載は初めは気持ちよく仕事が進んでいたのだが、「サンデー毎日」の編集長の交代があってから空気も変わったのだろう。一九九八年五月十九日の部分は、どうしても載せられない、ということで、連載は中止された。

私は一九五四年から小説を書いてきているのだが、戦後の新聞が言論の自由を守ったなどというのは全くの嘘だということを体験として言うことができる。今またひとつ、ここに実例ができただけのことだ。

中国に関するいかなる批判もいけない、という姿勢は今から二十年前くらいまではっきりと続いていた。その間、産経新聞を除く全国紙から私が「干されて」いた期間は結構長い間だった。その間、社会主義に非人間的な匂いを感じていた私のような作家をどうにか書かせつづけてくれたのは、文藝春秋や新潮社などの、雑誌社系の出版物だった。

中国報道の偏向は突然止《や》まったが、その後も続いたのは差別語ないしは差別に関することがらに対する極端な「自粛《じしゅく》」という名の圧迫である。

作家はいいことだけ書くのではない。私のように残る人生の時間を、「悪人」や、世間が「悪だという事柄」を書くことに充てたいと決心している作家は、そんなことを言われたら、文字（文学ではない）を書くことができなくなる。作家は悪魔を書く必要もあるのだ。

ただ私は、興味本位で悪を書くのではない。印象派の技法で言えば、光そのものを描くことはできないから、深い闇を描くことで、光を描きたいのである。

この日記は、言わば棄てられた日記である。一時私は自費出版することを考え、知人の編集者に「お宅で、五百部刷って頂いたらいくらかかります？　お金を用意しなければなりませんから」と真剣に聞いていた。

作家が何を書こうと、署名原稿である以上、内容の責任は作者にある、という当然のことさえ認識できなくなった小心な出版人が多くなった中で、海竜社社長・下村のぶ子氏は「原稿の内容は、すべて書いた人の責任である」という快い冷静な関係を堅持《けんじ》された。感謝の極《きわ》みである。したがって今後も私の気力体力が続く限り、平成史の小さな部分を書き下ろしで書き続け、「海竜社」から出して頂くことになっている。

「サンデー毎日」が中断された後、私のところに「どういう原稿が拒否されたのか」という何人かからの問い合わせがあった。この本が出ると、私はやっとその報告もできるようになる。この日記の最後の章の、五月十九日の部分がそれである。載せられなくて当然と思う人と、こんな程度のものが載らないのかと思われる人と、どちらも自由に考えていただきたい。

二度目の湾岸戦争も、断食月の開始直前に三日間で終わった。人間の愚かさは限りない。私がイラク人だったら恐らくテレビに映るイラク人と同じことを言い、私がアメリカ人だったらクリントン支持をテレビで表明したような気がする。人間とはそういう程度のもので、だからこそ私たちは生きていられるのであろう。

『私日記１　運命は均《なら》される』

# いい人をやっていると疲れる

## 狡さの自覚

ここ数年、私はときどき居心地が悪いことがあった。

世間の多くの人が、人道主義を声高らかに唱えて大合唱をする。自然保護、原発反対、ダム反対、日本の戦争責任追及。

しかし私はほとんどどれにもはっきりした確信をもてない。私は畑が好きだから、たぶん自然愛好の心はあると思うのだが、同時に土地によってはマラリアを防ぐためには、原生林を少なくとも自分の家の周囲では切らなきゃとうてい住めたもんじゃないのになぁ、などと考えている。

私は、自分がかなり狡くてよくない人間なのだ、とますますはっきり自覚するようになった。

しかし、いい人をやめたのはかなり前からだ。理由は単純で、いい人をやっていると疲れることを知っていたからである。それに対して、悪い人だという評判は、容易にくつがえらないから安定がいい。いい人はちょっとそうでない面を見せるだけですぐ批判され、評価が変わり、棄てられるからかわいそうだ。

私の人生の残り時間ももう多くはないが、まだ書きたいものはある。それらのテーマを表す作品の予定を整理していたら、内容はすべて人間の悪の姿だった。

しかし私は悪を興味本位で書くのでもないのだ。印象派は、光が本来描けないものだから濃い影を描いた。それと同じで、私たちの心を射る強い光を描写するためには、暗い影を描かねばならない、というのが、私の小さな決意になった。

かなり昔から発生していたそういう私の姿勢をしめす片々《へんぺん》が、ここに集められている。いい人を続けるのに飽《あ》きるか疲れてしまった方に読んでいただければ、こんなに嬉しいことはない。作者冥利に尽きるというものである。

『敬友録「いい人」をやめると楽になる』

# いい人、悪い人、中間の人

## 人間性の見つけ方

この本（『敬友録「いい人」をやめると楽になる』）の表題を決めることになった時、私はつまりこの本は……「いい人をやめると楽になること」を書いているんだな、と思った。

こういう実感は簡単明瞭なのだが、自分がそれを承認するまでには、少し年月がかかるものなのかもしれない。

若い時には、人は多かれ少なかれつっぱっている。いい顔を見せたい。あんまりばかだと思われたくない。私はそれを向上心というのだろうと思って来たが、年を取るに従って、それも嘘くさく思えて来た。

人はまず生きなければならない、ということを私はいつも感じて来た。私には子供の時、不幸な結婚生活をしていた母に自殺未遂をさせられそうになった体験もあるから、今さら自殺するのは、芝居がかっていて嫌なのである。とするとにかく生きていなければならない。

日本では生きるということは、選択を伴ったものである。しかし私は途上国を歩いているうちに、生きることには選択もできない場合が多いことを知った。

夕飯に食べるものがなければ、人はどうするか。盗むか、乞食をするほかはないのである。どちらもあまりいいことではない。しかし乞食をすることも盗みをすることも悪いとなると、国中貧しくて産業はなく、飢饉《ききん》に襲われた土地ではどうして生きて行ったらいいのだ。

多くの土地では、いい人として生きることなどやめて、できることをして生きて行くほかはないのだ。

日本では、いい人の反対は悪い人だと多くの人が思っている。しかし現実には、いい人でも悪い人でもない中間《ちゅうかん》の人が、人数として八割に達するだろう。私もまた、その中の一人、と思うとほっとして楽しくなる。

実はいい人の反対は悪い人、と思う図式は単純思考の現れである。日本人は勉強家で優秀な人が多いのに、考え方が幼児化するのは、黒か白かでものごとを片づけ、その中間の膨大な灰色のゾーンに人間性を見つけて心を惹かれるということがないからかもしれない。

小説家志望だった若い頃、私は同人雑誌の仲間から「どんな複雑なことも、平明に書けなければならない。平明な表現は慎《つつし》みの一種である。分かりにくい表現が高級なことを書いている、と思うのは、大きな間違いで、それを悪文というのだ」と習った。

爾来《じらい》、その教えを胸に書いているが、今度この本に題をつける時も、その言葉を思い出してしまったような気がする。

文庫『敬友録「いい人」をやめると楽になる』

# 会って、その人の顔を見ただけでも

## 別れを前提に人は会う

「自分の顔、相手の顔」という題で、大阪新聞、産経新聞、北国新聞、に連載されているエッセイの、これが第二集になった。

時々、読者から手紙を頂く。自分が心の中でもやもや思っていたことを、すっきり整理して言ってもらってせいせいした、と喜んでくださる方もあるが、それはたまたま二人以上の人間が同じことを考えていた、ということが証明されただけで、私は、自分の考えを代表的な意見だなどと思ったこともない。一人だけの偏頗《へんぱ》な思いかもしれませんが、どうぞお許しください、ということなのだ。

自分の顔は、不愉快であまりよく見たことがない。その意味でテレビは本質的に好きではない。しかし現実に人と会う時、よく相手の顔をまじまじと見て、その記憶を胸に焼き付けようとする癖はあった。生まれつきのひどい近視だったから、その肝心の操作がうまくいかなかったのは少し滑稽だけれど、その人の存在、その存在にまつわる重い手応えだけは、大切に記憶したかった。

若い時から、私は人でも場所でも、いつもこれが今生の見納めと思う性癖は抜けなかった。私はその思いをちょっと悲しまないわけではなかったが、しかし動揺はしなかった。人は別れを前提に会うのだから。会って「その人の顔」を見ただけでも、理由はないけれど、ほんとうによかった、と思う。だから別れることを呟いてはならない。

私は人権という言葉が、最近では一番さむざむしく感じる。人の心は制度では解決しない。権利でも充たされない。むしろ大切なのは人生に対する恐れといとしさを持つことだ。私は小説を通して、人生を深くおもしろいと思った。幸福にも不幸にも胸躍るような意味を見てしまった。だから私は生きる限り、まじまじと「相手の顔」を見つめ続けるだろうと思うのである。

『それぞれの山頂物語』

# 第5章

# 凡庸ほどむずかしいことはない

日本財団会長時代、カメルーンにて（撮影：熊瀬川 紀）

# 他人の「ほどほど」を許せるか

## 私の不純な言い訳

私の友人の一人は、昔フランスで子供を育てることになった。もちろん日本語しかできなかった子供を、土地の小学校に通わせることに、彼は危惧と興味との双方を抱いていた。そしてしばらくして彼は私に笑いながら結果を教えてくれた。

「息子がどんな言葉を真先に覚えて来たと思います？　『それは僕のしたことじゃないよ』ということでした。フランス人の自己主張はすごいですねえ」

人間は、どこでも、生きている限り、他人から文句を言われると、つべこべ自己弁護をするようになっているのだろう。時には見えすいた嘘をついても自分の責任を逃れようとする。嘘はその瞬間の厳しさを逃れるためだし、さぼるのは何とか息切れせずに生涯を終えるためである。その卑怯さを自分にも他人にも許さないと、最終的に生きていけない。

「ほどほど」とは、それがかなりうまく行った場合の、むしろ褒め言葉だと思う。卑怯さも、バランス感覚も、諦めも、思い上がりも、謙虚さも、すべて中庸を得ていない、と、「ほどほど」にはならない。「ほどほど」は凡庸さの結果ではあるが、実は意外にも、凡庸ほどむずかしいことはない。だから「ほどほど」にうまく振る舞える人は、私をも含めてめったにいないのだ。

だから、人間は死ぬ時、ただ一言「ゴメンナサイ」と言って別れを告げたらいいのだろう、と思う。「ほどほど」に生きたら、どこかで必ず悪いことをしているのだし、人は自分の「ほどほど」には寛大でも、他人の「ほどほど」には厳しいものかもしれないからである。

『安心録「ほどほど」の効用』

# 不純の効用

## ものごとは善も悪も半分半分

先日、青春の生き方について夫と喋っていた時、或る人の告白（と言ってももう友人たちの間では、公然たるエピソードになっているものだが）の話が出た。その人は誠実すぎるほどの性格で、私は今でも深く尊敬しているのだが、彼は若い時、陸上の選手であった。ところがリレーのアンカーに選ばれて走る時、対抗の選手があまりに速いので、それまで首位でバトンを渡されたのに、自分が抜かれるのはまちがいないと思ってしまった。

まともに走って抜かれるより、自分がゴール前で転べば、それは不慮の事故として皆も認めてくれるであろう。

そう思って、彼はその通りにした。もちろん大レースではなし、誰も彼の行為や負けたことを本気で非難した人はいなかった。しかし彼は後々までそのことを深く悔《く》やみ、心の傷になってしまった。

私はその話を初めて聞いたのだが、私の考えは次のようなものである。

その話――意識的に転んだ、という話は、半分本当で半分嘘だ、と私は思うのである。嘘だ、というのはその人がわざと嘘の話をしたというのではない。まずいなあ、今回は追い抜かれそうだなあ、と思うと、人の心の中には、転んでしまいたいなあ、そうすれば責任逃れができるだろうなあ、というような感情が自然に湧《わ》くのである。

私は何ごとでも一〇〇パーセントということを信じない。いっそのこと転べばいいなあ、と思いながら走り通してしまう場合もあるだろうし、走っているつもりでも、そうした不純な思いが頭を過《よぎ》ったばかりに、脚が縺《もつ》れるのを本気で修復できなくなる時もある。だから半分本当で半分嘘なのである。

つまり私だったらそのような結果を自然に自他共に認めてしまう。「悪かったわね。でも転んでほっとしたんだわ。私としては……まともに走っても、確実に負けてたんだから」と公言して憚《はばか》らないのではないかと思う。しかし誠実な人ほど、私のような善悪半分半分の原因や結果などというものを認めない。

私はこのような人間の狭さと愛らしさを、実は宗教から学んだ。聖書は「神ひとりのほかによい者はいない」（ルカによる福音書18―19）とはっきり書いている。つまり人間というものはすべていい加減なものだ、ということである。

岩肌をしたたり落ちる大河の最初の一滴は清純そのものだが、川の流れが次第に大きくなるにつれ、不純物が紛《まぎ》れ込むのも事実である。その不純な部分が紛れもない大河の実相でもあり、人間性なのであり、個性の味なのであり、また私の本質なのだと思って、寛恕《かんじょ》して頂きたいと願うばかりである。

文庫『安心録「ほどほど」の効用』

# 人間の力は半分だけ

## アラブを理解するための531の格言

一九七五年に初めてアラブ諸国を訪れるまで、私は多くの日本人と同様、アラブの文化と人について全く知らなかった。その時訪れた湾岸周辺国や北アフリカの土地に住む日本人たちは、物馴れない私に対して、大変親切で優しく教育的でもあった。人は誰でも教師となることができるし、教師となった時、輝いて見える。時々ほんのちょっと、私をからかって、少し大げさに言う人もいるような気がしたが、たくさんの人たちが私にただで基礎知識を与えてくれた。

それらの初歩的知識をもとに、私は一冊の本（『アラブのこころ』集英社文庫）を書き、それは一時書店の棚から消えていたのだが、二〇〇一年九月十一日の同時多発テロ以来、オサマ・ビンラディンの存在が脚光を浴びると、再版されるようになった。何しろオサマ・ビンラディンという名前のつけ方のルールさえ日本人記者たちが知らなかったのだから、私の書いた初歩的な書物でも少しは役に立つ部分があったのだろう。

その旅行の初期に、私がまず異文化としてのイスラムの、最も強烈な特色を感じたのは、ベイルート在住日本人から「アラブのＩＢＭ」なるものを説明された時であった。

「曽野さん、ＩＢＭって知ってますか？」

私は会社のオフィスに備えてある情報処理機器会社としてのＩＢＭしか知らなかった。

「それと違うんです。アラブのＩＢＭというのは、Ｉ＝インシァラー、Ｂ＝ブクラ、Ｍ＝マレシの略なんです」

アラブ人たちと商売や仕事をする時のことだ。交渉の途中で日本人は、

「本当に大丈夫だな」

と相手に念を押す。確かめる時によく使う言葉だ。すると相手は大まじめで

「インシァラー」と答える。〈神の思し召しがあれば……〉ということだ。アラブ

のIBMはここから始まる。これは一〇〇パーセントの保証ではない。何しろ神は全能だが、人間はそうではないのだから、人間の希望することは、神の助力があれば叶う、ということを言っているに過ぎない。相手はそのきわめて自然な事情を語っているだけだ。

しかし諸々の理由でビジネスはなかなかはかどらない。

日本人はいらいらして言う。

「いつできるのかね、一体」

「ブクラ〈明日〉」

明日になっても仕事は終わらず、答えは相変わらず「ブクラ」である。ここで日本人はBの登場に気がつく。相手は誠意を示したつもりなのだ。しかし人間の誠意は成否の要素の半分しか占めない。明日までにやれるかどうか、残り半分の運命は神の意志にかかっている。

かくして仕事の完成はどんどん遅れ、遂にその仕事は不調に終わったとする。日本人はなじる。するとアラブ人は答えるのだ。

「マレシ」

IBMの完成である。

マレシに関しては、正確には〈理のないこと〉だというが、〈過ぎたことは仕方がないじゃないの〉という名訳を当てた人もいた。

つまり事がならなかったのは、誰が悪いからでもない。そうなるようになっていなかったのだし、神がそれを望まれなかったからだ、というのだ。確かにそういうことは人生に多々ある。

若い時に愛した人がいて、その人と結婚できないくらいなら死んだ方がまし、だとさえ考えたという人は多い。しかし別の相手と結婚し、数十年経ってみると、あの人と結婚しなくてよかったのだ、と思えることもよくある。神の意志というものはそのようなものだろう。

しかしこのアラブのIBMほど、柔軟に見えながら鞏固《きょうこ》な論理はない。国会答弁、ビジネスの交渉、汚職や犯罪や事故などが発覚した時に行う責任者の弁明、すべてこのIBMでやられたら反撥《はんぱつ》の方法がない。

「会社の業績を上げることについて、君たち経営者は自信があるのかね」

「インシャラー〈神の思し召しがあれば大丈夫です〉」

「問題になっていた点については、いつから改変に着手するかね」

「ブクラ〈明日からです〉」

毎日が明日なのだ。そして遂に会社の業績を上げることは不可能ということになる。すると彼らは言うのだ。

「マレシ〈そうならなかった方がよかったのです〉」

だから人間に全責任がおおいかぶさることはないのである。

アラブが強いのは、その論理で押されたら、神が確実に介入しているので、人間の力など半分しか問題にされないからである。

土地と本が、その社会を知る車の両輪のようなものだ。それ以来、私は何度もアラブの土地を踏んだし、少しずつアラブに関する本を読むようになった。ことに簡潔に理解する手がかりになったのは、格言の本だった。私は読みながら、しばしば声を立てて笑うこともあった。侮蔑して笑うのではない。同感と尊敬が笑いになって噴き出るのである。

もっとも、これは手ごわい、と思うこともある。アメリカとアラブの軍備そのものを比べたら、アメリカは常にアラブを簡単にやっつけることができる。しかしその背後が問題なのだ。攻撃の後に長く尾を引く人の心の力を簡単に予測することはできない。

世界が対立する時、私は政治家でも外交官でもないので、単純に「贔屓《ひいき》」を作ることをしたくない。できるだけ素早く簡単に、できれば深くまず両者を知りたい、と思う。今回私の手許にある格言の本の中から、アラブを理解するために役に立つかと思われる531の項目を抜き出し、極めて片寄っていると思われる私の視点を添えて、読者に供したいと考えたのが、この本の誕生の背景である。

『アラブの格言』

# 誰にでもできる幸福への道探し

## 不幸や挫折の意味

　私は今年か来年（数えようによって違うのだが）でプロの作家となって五十年になった（二〇〇三年当時）。

　私は書くことがほんとうに好きだったが、これは私にとって、第一に幸せなことであった。

　戦後六十年近くも続いた平和のおかげで、私は飢えや内乱を体験することもなかったし、医療機関の不備で死ぬこともなかった。自殺は……子供の時に親の道連れになりかけたので、もうあえてやろうとは思わない。何より私は肉体的には健康だった。精神はたぶん健全とは言えないと思うけれど、それが私なのだ、と居直っている。

　私は自分が生きたのではなく、社会に生かされて来た。日本に生まれたというだけで、私は幸福になった。ばかな奴だ、と思う人もいるだろうが、そう思えることは私の一つの才能だ。

私は体験としても、知識としても、悲しみに触れ続けて来たので、今ある状況を当然と思えなくなっている。すべてまれに見る幸運、ありうべからざる幸せ、と感じる甘い性格になったのである。

幸福を感じるのは、不幸を感じるのと同じくらい感性の問題だ。そして私の体験では、深く幸福を感じる人はまた、強く悲しみも感じる。一見反対に見えるその感情の滋味《じみ》は、どこかで繋がっているようである。

印象派の絵描きが、暗い陰影なしに光を描くことはできないのと同じに、幸福もまた不幸の認識なしには到達しえないものである。幸福を、金銭的裕福、健康、家庭の安泰、出世、人間関係のよさ、などからだけ到達しようと思ったら、おそらく失敗に終わる。

不幸や挫折が、幸福への必須条件だということを納得した上で、人はそれぞれに幸福を手に入れる道を探す旅に出ればいい。道は何本もついている。その人専用の小道さえある。だからこそ道探しは、誰にでも必ずできるのである。

『ないものを数えず、あるものを数えて生きていく』

# いつまでたっても大人になれない日本人

## 複雑さと無縁な秀才

何かものを言う時には、自分を棚に上げなければならない、というのが、長年の私の実感である。そしてこの本の企画は、少なくとも私のそうした卑怯な精神によって納得されたものなのだが、近年私は、日本人を「いつまでたっても大人にならない秀才」と感じるようになった。

自国の人々を褒めて他国の人を貶《けな》すのは、殊に政治家には深く戒められるところらしいが、私はもともと偏頗《へんぱ》な小説家だから、気楽に身びいきさせてもらいたいと思っている。

そしてその意味では、実に日本人ほど誠実で物知りで頭がよく、生真面目な勉強家が多く、実務家としてすばらしく有能なＤＮＡを持った人種はいないと思っている。

しかし——日本人は、なぜか大人ではない。秀才であることと、大人であることとは、全く別ものだということも、最近痛感している。

昔ヨーロッパのある国で、その国の貨幣の単位で998という値段の品物を十個買ったことがあった。

私のように算数の成績が悪かった者でも、そういう場合は998を十倍して、9千980とするのも一つの方法だ。或いは、千として十倍の一万、そこから2の十倍の20を引いて9千980、という答えはほんの十秒もあれば出る。しかしその店の主人は紙の上に998を十回書き、まともに足し算を始めたのだから、時間もかかり、途中で計算間違えをしたのも当然だったのである。

私はその時密かに、ひょっとしたら私はこの国では秀才、と思いかけたのだが、その主人は私から金を受け取る時に、大きな銀貨(ではない、銀色をした硬貨)を大理石のカウンターの上にちゃりんとぶつけて、にこっと人のいい笑顔を見せた。偽金かどうかを音で判断したのである。

一方、私ときたら、硬貨の真贋《しんがん》を音で判断してから受け取るなどという生活の知恵は全く持ち合わせていない。彼と私と、どちらが生きるための才能を持っているか、判断に迷うところだろう。

物腰、仕種《しぐさ》、簡単な会話の楽しみ方など、しばしば外国旅行の途中でも、私は短編小説のシーンになりそうな印象的な光景に出合った。

外国にはブランドものでもない小物を持ち、およそファッションとは関係ないような体に馴染んだ服を着て、堂々と自分が生きてきた歴史を示しているような女性はいくらでもいた。それに比べて同じ町で、何を考えているのかわからないような無表情な日本人の若い娘さんが、ブランドものの買い漁《あさ》りに血道《ちみち》を上げているのを、私はどれだけ悲しく見たことだろう。

どこの国にも、高校だってろくろく出ていないと思われる、腕の太い市場のおかみさんや、苦労しっぱなしという顔のホテルのボーイさんがいる。しかし彼らがほんの一瞬の間に、その人らしい感情や親切を生き生きと示し、その人なりの人生の断片をすらりと口にすることに、私はどれだけ感動したことか。

私は日本人が、もっと厚みのある、複雑な人であることを望んでいた。日本には、正義が好きで、地球のためや、難民のためや、少数民族のために発言する人はいくらでもいる。

しかしそんなことが、私には魅力にはならなかった。キリスト教では「原罪」という名で呼ぶ悪の隠し味も、たゆたう心の陰影も、自己矛盾の悲しみもない人など、私はあまりすてきに思えなかったのである。

たまたまクライン孝子さんから、よく外国人のものの考え方や、政治経済の実情を教えていただくことが多かった。この本はクラインさんに、外国の大人びた社会構造と人の心を解説し、補強してもらえたからこそ、完成したものだ、と深く感謝している。

『日本人はなぜ成熟できないのか』

# 私は「うつ」からどう脱け出したのか

## うつ体験者が伝えたいこと

私はうつの「体験者」だが、そこから脱け出した「脱出者」である。ただし私はうつ的な性格から完全に脱け出したのでもない。人間の性格はそんなに百八十度の転換をすることなどあり得ないのだ。

しかし、現在、少なくとも私はどちらかというと、陽性な性格だと思われている。性格も疑い深く、瞬間的に思ったことを口に出す醜い軽率さも失っていないが、人工的にネアカにふるまうことを覚えたので、私はうつ的な人間とは思われなくなったのだ。

いつから、どうしてうつから脱け出したのか。

私は或る年齢から、人間の運命にそれまでよりは少し従順になったのだ。つまり自分の能力の限度を見極め、流されて生きることこそ私らしく、もしかしたら美しくさえあるのだ、と思えるようになったのだ。

できることを、できる時に、できるだけ、できるやり方でやる。それだけのことだ。それ以上のことは、独裁的恐怖政治をしいている国家でない限り、神も仏も、社会も他人も肉親も、望みようがない、という地点に立つことにした。しかしそれだけのことを、すべての人がやっていれば、それで世の中は複雑でおもしろいものになるはずである。

要らない人は一人もいない。一人ひとり持ち味と能力が違うのだから、いなくていい人はいないのである。だから自然体で、できることだけを、おもしろがってやることだ。他人と比べるから、自分が辛くなるのである。

そう思った頃から、私は過度の努力、律儀さ、負けず嫌い、白黒をはっきりつけること、などから遠ざかった。他人から非難を受けた時は、少し考え、反省するべきことは反省し、直すことができなかったらカメのように首を竦めて嵐をやり過ごすことにした。そうして私はうつではなくなったのである。


『うつを見つめる言葉』

# 偉い人の挨拶はなぜつまらないのか

## 日本財団会長九年半を終えて

私は一九九五年十二月から二〇〇五年七月迄、約九年半、日本財団に務めた。それまで巨額の数字を扱ったこともなく、政界も官界もほとんど知らない私は、すべて周囲に庇《かば》ってもらって勤めを無事終えたのだが、小さなことで一つだけ迷惑をかけなかったろうと思うのは、財団の会長としてしなければならない挨拶は、すべて自分で書いたことである。

通常この手の文章は、誰かしかるべき人が代わりに書くのだろうが、それは必要な事項にまんべんなくふれ、かつ礼儀を失しないものにはなっているが、かなりつまらない内容になってしまうのが普通である。世間が聞く、「偉い人の挨拶」というものが、おもしろくもなく胸も打たないのは、そういう理由からだろうと思う。

私は功利主義的人間だったから、文章を書く仕事なら私の方が他の誰がやるよりも自然で素早くできるだろうから自分で書くことにしたのである。それに自分の文章なら正式の立場からやや逸脱しても許されるだろうという計算はあった。

私は決して自分で書いたものが名文だと思ったのではない。迷文ではあったかもしれないから、それはそれで聞き手に退屈をさせないという効果はあっただろう、と考えたくらいである。しかしいかなる場合でも、人間の個性不在の挨拶文がいいというわけではないと思う。

他に、政府の審議会などで、個人の意見として提出させられた文章もあった。こちらにはかなり本音が出ている。私たち委員にこういうレポートを出させた役所の中には、ほとんど誰一人読みもせず、原文も散逸して記録にもないところもあると聞いている。つまり審議会における少数派が不満に思うことを防ぐためにレポートを出させたのだろうが、そういう必要のないことは今後させない方がいい。

この挨拶文をまとめた本の出版に当たって、私としては、公式の挨拶を書く方々が、これくらい砕けた内容でも通る場合もあるのだと理解され、その場合の作文の見本として見て頂きたい、というあたりがほんとうの気持ちである。誰もが自分の言葉で、思ったことを言う以外の誠実は、この世にないのである。

ここには裁判員制度に対する私の基本的な反対意見も載っているが、当時と今と私の気持ちは全く変わらない。今、世間のオピニオン・リーダーたちは、気味が悪いほど一致して賛成の歩調を取っているが、ほんとうにそれでいいのだろうか。私は不明だとしたら、私は自然に社会と人々の選択と動きからそれを教えられ、その時急いで反省するつもりでいる。

『鍋釜と愛国心』

# 最悪を予測しながら生きる

## 幸運を当てにしない

私は一生を通じて一つの姿勢を通して来た。賢かったからでもなく、出世のためでもない。私は自分が小心で不幸に耐えにくい弱さを持っていることを自覚していたから、いつもそういう自分に備え続けていたのである。それは常に最悪を予測しながら生きるという姿勢であった。

人生の後半に、気の合う伴侶、親しい友達、親戚などに囲まれて暮らせればいいけれど、なかなかそのようにはならない。死別もあり、離別もある。喧嘩別れもある。頼っていた母が、まだそれほどの年でもないのに、認知症になることもあれば、予定の中になかった地震や津波で文字通り家を失うこともある。

誰もいない後半生を自分が生きる姿を、私はいつも一人で想像して来た。その上さらに車椅子の生活になっている自分、視力が衰えてしまって見えない自分、お金のない自分、難病を抱えている自分も夢想した。

生きていれば、家族の誰かが支えてくれるかもしれない。しかしそれは「当然のこと」ではなく類《たぐ》い稀《ま》れな「幸運」なのである。不運は簡単にやって来るが、幸運はけっして当てにできない。

私は三十代にうつ病になり、十年近くかかってそれを脱した。五十歳前後に視力を失いかけて、作家の生活を諦める場合の心の準備もした。そして既に今は七十歳の半ばまで生きて来て、一つのご褒美をもらった。それは五十歳の時ではなく、今視力を失っても、残り時間があまり長くなくて済むということであった。

私が読み書きができない状態で暮らしていた頃、お世話になった一人の若い眼科のドクターは、「人間の寿命は長い方がいいとは言うけれど、もし二百歳まで生きるとしたら、五十歳で失明した人は、あと百五十年は盲人として生きなければならない。それは患者さんの心理を見ていると長過ぎるように思うこともあるんです」と言われた。

健康に年老いるということは、体の能力が悪くなった後の時間が短くて済むことを意味する。

今、私にわかっていることは、自分の早い死を瞬間的に願うことはあるかもしれないけれど、自殺してはいけない、ということである。人間は生き方において自分の行動に責任を取り、常に自分自身の人生の主人でいなければならないのはほんとうだが、寿命は天命に任さねばならない、ということだ。あらゆる動物はそのように生きているのだし、人間もまた動物としての運命に生きている。人間だけ特別でいいということもない。

生も一人だが、死も一人だということだけは明瞭にわかっている。そういう運命になった時、別に自分だけが不幸なのではない、と自分に言い聞かせる叡知《えいち》を若いうちから持つようになることだ。ただ人生は意外と優しいもので、一人で生きにくかったら、そうしなくても済むかもしれない方法が実はたくさん用意されていることを知っておいてもいいかもしれない。

今私が望んでいるのは、話の合う人たちと幾つになっても食事をすることだ。外へ食べに行ってもいいが、自分の体が利いたら、私は料理が好きなのだから、自宅でお惣菜を作って食事に招きたい。「イワシの丸干しだって尾頭付きなのよ」と言うと皆納得している。かつてどのような偉いポジションで仕事をしていた人にでも、後片付けの皿洗いは手伝ってもらっていいだろう。

人生の時間を、縁のある、気の合った他人と少しずつ共有することができたら、それは大きな幸福だし、成功なのだと思えばいい。しかしその基本には、一人で生きる姿勢が必要なのである。

『人生の後半をひとりで生きる言葉』

# 人生の目的

## 自分なりの選択をし続けられるか

作家の仕事についてよく聞かれるが、基本的には孤独な作業である。専門の調査をする人たちを置き、口述で大量生産をする作家もないではないというが、私のような昔ながらの書き方をしている作家は、自分で資料を集め、とぼとぼ勉強し、一人で書く。その工程自体はまさに職人の仕事と同じである。

そこにあるのは、孤独と自由である。自由とは「むきだし」ということだ。子供の時にはけっこう残酷なことをするもので、私もミノムシの皮を剥《は》いだことがあるが、その時ミノムシはまさに「むきだし」で、寒そうで、どうしていいかわからない、という感じだった。

最近のテレビは、動物の生態をよく教えてくれるが、中でもアリの一種の行動には驚くべきものがある。彼らの本能はバンザイ突撃のように、自分の一個の生命のことは考えず、巣全体の繁栄のために使われる。餌となるカマキリと戦ったり、彼らの殺戮の道に溝があれば、そこに身を投げかけて臨時の橋を作ったりする。戦争中にしきりに言われた「滅私奉公」という思想は、少なくとも昆虫の世界には既に組み込まれていたように見える。

しかし人間はそうではない。よくある西部劇のテーマの一つは、小さな村に悪漢の一味が入って来ると、村人全体が恐れおののいて手出しをしない中で、ヒーローがたった一人で立ち向かう物語である。しかしそれは強制された行動ではなく、彼の哲学であり、命を懸けた美学の結果なのだからやはりアリの行動とは違う。

私たちの生き方の基本は、こうした独自の選択を貫くことにある。社会の平均から見て、変わっていない性格も人生もほんとうはないのだ。だから……と言っていいのかどうかわからないが……人は必死で流行を追い、同時に目立つことを本能的に恐れる。この二つはそもそも矛盾しているのか同質の情熱なのかわからないが、当人は、あまり考えることもしない。

私も普段は深く思うこともなく、平均的市民の暮らしをどうやら続けているのだが、実は自分を過不足なく表し、他人を好悪《こうお》の感情なしにあるがままに見るということは、実にむずかしい勇気の要る操作なのだ。しかし個性を完成し表現することは、人生のもっとも基本的なスタートラインであると同時に、最終最高の境地だから、それを追い求めずにはいられない。

もちろん理想に到達できる生涯などというものはほとんどない。しかし人はすべて悲願を抱えて生きる。その哀しさと温かさを願ったのが、この本の意図なのだと思って頂けたら幸いである。

『人にしばられず自分を縛らない生き方』

# 終章

# 何事にも充分に出逢ってから死ぬのがいい

2009年、三浦海岸の別荘で夫と（撮影：大谷美樹）

## 夫を自宅で介護すると決めたわけ

### 決していい介護人ではなかったが

夫・三浦朱門は二〇一五年の春頃から機能障害を見せるようになった。内臓も一応正常。がんもない。高血圧も糖尿病もない。私と違ってすたすた長距離を歩く人であった。しかしその頃から時々、すとんと倒れるようになった。その度に頭を打ってこぶを作り、顔面に青痣《あおあざ》を作った。

もっともその頃は、「この痣ですか？　女房に殴られたんです」と嬉しそうに言えるほどに普通だったが、次第に寡黙《かもく》になって来た。テレビを見ながら痛烈な皮肉を言うことはあったが、恐らく性格の変化は認知症の初期の表れだったのであろう。

どこが悪いか検査するための入院をしたのが二〇一五年の秋だが、その短い入院の間に、私は日々刻々と夫の精神活動が衰えるのを感じた。ほんとうに恐ろしいほどの速さだった。病院側は、実に優しくしてくれたのだが、私は急遽《きゅうきょ》、夫を連れ帰ってしまった。

家に帰って来た時の喜びようは、信じられないくらいだった。「僕は幸せだ。この住み慣れた家で、まわりに本がたくさんあって、時々庭を眺めて、野菜畑でピーマンや茄子《なす》が大きくなるのが見える。ほんとうにありがとう」などと言うので、「世の中何でも安心してちゃだめよ。介護する人の言うことを聞かないと、或る日、捨てられるかもしれないわよ」と、私は決していい介護人ではなかった。

しかし、私はその時から、一応覚悟を決めたのである。夫にはできれば死ぬまで自宅で普通の暮らしをしてもらう。そのために私が介護人になる、ということだった。

日本が老齢人口の過剰に国家として耐えられなくなってくるだろう、ということに気がつきだしたのは、もうずいぶん前のことだが、私がそれを作品に書いたのは二〇一三年の末のことである。

私はその小説を、一種の未来小説として書き、『二〇五〇年』という題を付けたのだが、この危険で破壊的な小説の内容は、当時あくまで空想上のことであった。むしろ現在だったら、私はこの作品を書けなかっただろう。最近の世相には、小説の中ですら、暗い話、非道徳的な話を書いてはいけないとするおかしな幼児性が、主にマスコミ自体の中に顕著に出て来たからである。

それは小説作法の常道からは外れた考え方である。むしろ小説こそが、現世ではみ出た異常性、道徳に反する思想などに光を当てるという任務を担ってきた。

どういう点が危険だったかというと、私は作品の中で、若者のグループが老人ホームの火事によって、大勢の焼死者が出たのを喜ぶという場面を書いた。しかし、それはあくまで社会の末期的な暗い状況として描いたので、今ならば、相模《さがみ》原《はら》市の知的障害者施設の元職員・植松聖《うえまつさとし》という人が「不要な人を社会から抹殺することを目的に」、十九人を殺し二十七人に重軽傷を負わせた事件があったから、決して書かなかったに違いない。

もちろん社会現象とは別に、私は八十代になっていた。作家は常に善悪にかかわらず、自分の立っている現在の位置を自覚して生きているのが普通だ。私は充分に年を取り、人間の個体としてあらゆる面で劣化し、時には差別され軽視されてしかるべき年になったから言えるようになった分野もあることを自然に感じていた。作家は完全な観念でものは書きにくい。笑い話のようだが高齢者には、ひがみと自信の双方があって自然だ。

この二面性を、敢然《かんぜん》として、しかし自然体で持ちうることは、一種の技術かもしれない。例えばアウシュビッツの一種の「全盛期」について、私たちは資料では惨憺たる強制収容所の日常のみを読まされたものだが、その中には意外にも、「囚人」たちが歌を歌い楽しんだ時間もあったという記録もある。それを描かなくては、本当の強制収容所の悲惨さは記述できないだろう。

つまり、人生というのは善悪明暗が必ず渾然《こんぜん》としたものなのだ。だから、私は連作として書くつもりの『二〇五〇年』の中でも必ず明るい部分を書く予定なのだが、私たちが直面している老齢人口の過剰、若年層の減少という基本的な力関係は、小説の前提として重く存在していることには間違いない。このような小説の背景を、私はひたすら統計を読むことから推測していったにすぎないが、人間の感覚もまた、単純ではないだろう。

『夫の後始末』

# 人生は喜劇か、それとも悲劇か

## 長生きをしてみて見える風景

作家は連載を始める時、かなり筋を用意するものである。少なくとも、私は、人並みにだらしがない癖に人並みに気が小さいので、ストーリーの起承転結だけは、スタート前にはっきり決める。

連載で一番長丁場になるものは新聞連載で、これは毎日原稿用紙約三枚になる物語を普通は約一年近く書き続けるわけだ。

朝刊の連載だと夕刊の場合と違って日曜の休みもないから、略々《ほぼほぼ》三百五十日分で千枚ちょっとになる。三百六十五日分でないのは、それでも月に一回は休刊日があるからだ。

週刊誌も年間約五十回。こちらは一回が十枚から十五枚。その雑誌社の頁の配分で決められる。

作家になって初めての新聞連載を地方紙にすることになった時、私は先輩作家に言われた。

「新聞連載のこつは、たった一つなんですよ。駄作だって傑作だって大して違いはないんだ。毎日毎日、律儀に読む人だって少ないしね。作家の責任はただ、生きてその話を書き終えることだけなんだよ。そう思って始めたらいいよ」

これは多分に先輩が後輩の心を楽にするために言った慰めの言葉だと思う。絵画だって舞踊だって楽器の演奏だって、こちこちになるほど緊張していい結果が出ることはない。作家や演奏者は、のびのびと、只限りなくその人らしくあってこそ、力を発揮できるのだ。

この作品は、なぜかかなり突然始められた。私が夫を亡くしてがっかりしているその気持ちを引き立たせるためという編集者の配慮があったような気もするが、私はかねがね文学発表の場は、鵜飼《うかい》の仕組みと似ていると感じていた。素早く魚を捕って来る鵜は、観衆の喝采を浴びるが、鵜の頸部《けいぶ》の下方にはちゃんと首結いと呼ぶ麻紐が縛ってあって、魚はどれだけ捕っても胃袋に入らないようになっている。

作家が作品を完成する迄には、鵜匠に当たる係の編集者の支えが要る。鵜匠はいつも鵜の「顔色」を見ていて、健康状態や「やる気」を計っている。文学の世界も同じだ。鵜匠は鵜に魚を捕らせるのが目的だが、鵜匠の役目をする編集者は「おだてたり、すかしたりして」作家に作品を書かせる。厄介なことだが総じて鵜は怠け者なのだ。だから酒を飲ませたり、ややオーバーにおだてたり、時には麻雀の相手を務めたり、バカ話をしたりする方が原稿が早く出来上がる。

有能な鵜を掴まえればベストセラーも出るから、その鵜匠であるその編集者は多分、彼の働く出版社で隠然たる実力者になる。肩書の上で出世する人もいるだろうし、少なくとも社内で名を馳せる。それまで光っていなかった一人の作家の才能を掘り出し「ベストセラー作家」にまで仕上げた人なのだから、その社にとってはお宝だ。ナマナカな出世などしなくても、同業の他社にまで、目利きとして知れ渡る。

私くらいの高齢になると、どんな凡庸な人生でも総体として見ることができるようになる。何しろ周囲を見回しても一世紀に近い人生を生きて来た知人がいくらでもいるのだ。もっとも長生きすれば失敗の人生を見る機会も増えるから、喜劇を見ているのか悲劇を見ているのかわからなくなって、観客としての私は泣き笑いばかりすることになる。しかしそれで普通だ。

いつも思うことだが、書くのは作家だが、本を創るのは編集者である。作家は人生を切り取って見せることはできるが、その源泉のエネルギーの無言の存在に気づく側は意外なほど少ないように思う。

『続　夫の後始末』

# 思わぬ再会は人生の彩り

## 楽しい出来事ばかりでなくても

私がいわゆる文壇というところで、新人作家として書き始めた頃、そのグループの顔ぶれは日本文壇史上、もっともはなやかなものだったかもしれない。「太陽の季節」という社会的な表現は、空前のヒットをした小説の題名であるばかりではない。当時の風潮を示す社会的標語とさえなった。

その旗手が同名の短編を書いた石原慎太郎という青年だった。弟の裕次郎氏は、それまでの石原家にとってまったく無縁だった芸能界の輝く星になった。つまり当時の芸能界の大スターだった。美空ひばりとはまったく違う歴史を持って生まれてきた知的一家である。

そうした新しい書き手の親たちは等しく食べるのに困らなかった。子供たちを大学までやることが、経済的な重荷になることもなかった。私は大学の新制度ができた時、旧制女学校からその新制度に滑り込んだ最後の年代である。卒業後、新しくできた四年制の女子大の四期生として入学した。

外から見ると、制度は短期間にがたがたとよく変わったのだが、生徒としては、別に深い困惑を覚えた記憶もない。私の性格の中に、世の中の制度が変わることに対する興味がなかったからだろう。日々は同じように来て、また去っていくように見えるだけである。

もっともその間に変わらなかった思いもある。「個人的な暮らし」や、私の精神的な風土の中に常にあった「死」の意義などである。ことに死は、私の日常の中で永遠に答えの出ない命題であった。それはアメリカ軍の空爆に絶えずさらされていた当時の日本人の日常で、常についてまわる哲学的な世界であり、永遠に新しい感動を伴う個人の運命でもあった。これほど古くならない感動的な変化はないだろう。

それ以来今まで、私は何十年も同じことを考え続けている。進歩もなく、答えも出ていない。だから私は目下のところ、死ぬこともやめて、まだ生きているのである。

そしてその何十年もの間、私はほとんど石原氏に会わなかった。石原氏が政治の世界を歩きだしたのと、私の持ち前の、パーティー嫌いという性格がますます高じたために、物理的にも人と接点を持つ機会がなくなったからである。

石原氏が、八十代以後をどう生きようとしておられるのか、私は知らないが、氏のことだから、一仕事も二仕事もされるつもりだろう。一方私は、流されて生きるのが人生、と思い続けてこの年まで生きてきてしまった。石原家と我が家とは、数キロしか離れていないのだが、もしかすると再会の機会もなくこの世を終えたかもしれないのに、今回この本の企画のおかげで何十年ぶりかに語ることもできた。

人は現世で、何事にも充分に出逢ってから死んだほうがいい。

楽しい出来事ばかりでもなく、必ず気の合う人にだけ会えるわけでもないが、そうした経過があってこそ、人は深い人生を感じて最期を迎えられるのだろう。

何十年ぶりかの石原氏との思わぬ再会も、まさにこのような人生の彩りのひとつであった。

『死という最後の未来』

# 貴重な日々への感謝
## 或る人間の気まぐれの記録

世間の人は、人間が文字を書く場合のことについて、かなり厳密に分類をしているようである。つまりエッセイ、小説、個人の日記の文章では、全く違う文体が出現すると思う人がいるようだ。

しかし実作家の私からみると、文章は、その時の作者の心理に最もよく合致するものがあるだけだ。もし私に和歌を詠む習性があるとすれば、一冊のエッセイ集の「あとがき」にも只一首の歌をおく気になるだろう。それに遠慮がちに反対するのは本の編集者だけで「やはり、原稿で五、六枚分頂くと思ってましたので、お歌一首だけですと、頁が白いまま残って、読者が原稿の組み忘れと思うかもしれません」くらいのイヤミを言って来るかもしれない。

私が今言おうとしたのは、どの本も、作者の気まぐれと、忍耐強い編集者の徳が出合ったポイントで火花のようにできたもの、だということだ。

いずれにせよ、一冊の本は、数人の関係者の出版物（または活字でもいい）に対する深い慈しみと社会に対する義務感の結果生れる。そこに書かれている内容が、どんなにお粗末なものであろうと、その経過は、人間的で感動的だということを、私はいつも感謝をもって受け止めている。

気まぐれは確かに気まぐれだが、人間の気まぐれを記録するのは広い意味での文学の世界しかないかもしれない。心理学は、その意識の流れを追跡しようとするが、しばしばそういう操作は理に落ちる。繋がるわけもないことを繋げる人間性は飛躍に満ちているので、学問の世界ではまだその継目の部分を解明できない。

私は無言のまま、人間の心をあらゆる形で繋ぐ仕事を七十年近くにわたって見せてもらって来た。学問ではないが貴重な日々であった。その幸運に対する感謝の波を心の奥底に感じつつ、この本を終わりたいと思っている。

『コロナという「非日常」を生きる』

本書は海竜社から刊行された『人生の選択』（二〇一七年四月）を文庫化しました。文庫化にあたり、新たに著者既著四冊の中より四編抜粋して加え、加筆修正のうえ再構成し改題致しました。

〔初出一覧〕

・第1章

生きることは変わること――『人生の旅路』（河出書房新社／二〇一一年）

平気で他人に決断を委ねる人たち

――『なぜ子供のままの大人が増えたのか』（だいわ文庫／二〇一一年）

成功とは何か――『ある成功者の老後』（河出書房新社／二〇一二年）

「他に何か要るものがありますか？」――『叔母さん応援団』（河出書房新社／二〇一二年）

親が亡くなった後で気づくこと――『親の計らい』（扶桑社新書／二〇一三年）

明日になれば――『曽野綾子の人生相談』（いきいき／二〇一三年）

アラブの生き方から学ぶ――『人間の目利き』（講談社／二〇一四年）

違いすぎる二人――『冬子と綾子の老い楽人生』（朝日文庫／上坂冬子氏との共著／二〇一四年）

幸福になる道は誰も教えてくれない――『辛口・幸福論』（新講社／二〇一四年）

・第2章

その人のために死ねるか――『誰のために愛するか』（青春出版社／一九七〇年）

愛を作り出す能力――『続 誰のために愛するか』（青春出版社／一九七一年）

どういう年寄りになりたいか――『戒老録』（祥伝社／一九七二年）

老いの狡さと楽しみ――『完本　戒老録』（祥伝社黄金文庫／一九九九年）
全部いい。全部悪い――『絶望からの出発』（講談社／一九七五年）
アラブ人とはどのような人々か――『アラブのこころ』（集英社文庫／一九七九年）

・**第3章**

再び視力を与えられて――『贈られた眼の記録』（朝日新聞社／一九八二年）
偶然の重なりから生み出されるもの
――『時の止まった赤ん坊　下』（毎日新聞社／一九八四年）
シスター遠藤が蒔いた種――『新版　時の止まった赤ん坊』（海竜社／二〇一四年）
私はただ砂漠へ行きたかっただけかもしれない
――『砂漠・この神の土地』（朝日新聞社／一九八五年、朝日文庫／一九八八年）
悪を学ぶ最高の教材「ギリシア神話」
――『ギリシアの神々』（講談社／田名部昭共著／一九八六年）
人生の素顔――『ギリシアの英雄たち』（講談社／田名部昭氏との共著／一九九〇年）
「なぁんだ、それだけのことか」――『ほんとうの話』（新潮社／一九八六年）
心の荒野にある時に――『失敗という人生はない』（海竜社／一九八八年）
東京に生まれ、暮らし、老いる――『都会の幸福』（ＰＨＰ研究所／一九八九年）

・**第4章**

何という不思議なことか！――『夫婦、この不思議な関係』（ＰＨＰ研究所／一九八五年）
夫婦は「他人」と関わる究極の関係
――新書版『夫婦、この不思議な関係』（ワック／二〇〇六年）
人間の悪を正視する試み――『夢に殉ず　下』（朝日新聞社／一九九四年）

健全な不足――『自分の顔、相手の顔』（講談社／一九九八年）
棄てられた日記――『私日記1 運命は均される』（海竜社／一九九九年）
いい人をやっていると疲れる
――『敬友録「いい人」をやめると楽になる』（祥伝社／一九九九年）
いい人、悪い人、中間の人
――『敬友録「いい人」をやめると楽になる』（祥伝社黄金文庫／二〇〇二年）
会って、その人の顔を見ただけでも――『それぞれの山頂物語』（講談社／二〇〇〇年）

**・第5章**

他人の「ほどほど」を許せるか――『安心録「ほどほど」の効用』（祥伝社／二〇〇〇年）
不純の効用――『安心録「ほどほど」の効用』（祥伝社黄金文庫／二〇〇四年）
人間の力は半分だけ――『アラブの格言』（新潮新書／二〇〇三年）
誰にでもできる幸福への道探し
――『ないものを数えず、あるものを数えて生きていく』（祥伝社／二〇〇三年）
いつまでたっても大人になれない日本人
――『日本人はなぜ成熟できないのか』（新装版／海竜社／クライン孝子氏との共著／二〇一四年）
私は「うつ」からどう脱け出したのか
――『うつを見つめる言葉』（イースト・プレス／二〇〇七年）
偉い人の挨拶はなぜつまらないのか――『鍋釜と愛国心』（河出書房新社／二〇〇七年）
最悪を予測しながら生きる
――『人生の後半をひとりで生きる言葉』（イースト・プレス／二〇〇七年）
人生の目的――『人にしばられず自分を縛らない生き方』（扶桑社／二〇〇八年）

**・終章（文庫化にあたり新たに収録）**

夫を自宅で介護すると決めたわけ――『夫の後始末』（講談社／二〇一七年）
人生は喜劇か、それとも悲劇か――『続 夫の後始末』（講談社／二〇二〇年）
思わぬ再会は人生の彩り――『死という最後の未来』（幻冬舎／石原慎太郎氏との共著／二〇二〇年）
貴重な日々への感謝――『コロナという「非日常」を生きる』（ワック／二〇二〇年）

本文デザイン……福田和雄（FUKUDA DESIGN）
校　正…………あかえんぴつ
協　力…………田沼武能写真事務所
企画・編集………矢島祥子（矢島ブックオフィス）

**曽野綾子**（その・あやこ）
1931年、東京生まれ。54年、聖心女子大学英文科卒業。79年、ローマ教皇庁よりヴァチカン有功十字勲章を受章。87年、『湖水誕生』で土木学会著作賞受賞。93年、恩賜賞・日本芸術院賞受賞。97年、海外邦人宣教者活動援助後援会（JOMAS）代表として吉川英治文化賞ならびに読売国際協力賞受賞。98年、財界賞特別賞受賞。2003年文化功労者となる。1995年から2005年まで日本財団会長、1972年から2012年まで海外邦人宣教者活動援助後援会代表を務める。2012年、菊池寛賞受賞。
著書に『無名碑』（講談社文庫）、『神の汚れた手』（文春文庫）、『天上の青』（新潮文庫）、『完本　戒老録』（祥伝社文庫）、『老いの才覚』（ベスト新書）、『老いを生きる技術』（だいわ文庫）、『夫の後始末』（講談社）、『女も好きなことをして死ねばいい』（青萠堂）、『人生の決算書』（文藝春秋）他多数。

だいわ文庫

# 人生《じんせい》は、いいものだけを選《えら》ぶことはできない

著者　曽野《その》綾子《あやこ》



二〇二三年七月一五日第一刷発行

発行者　佐藤　靖
発行所　大和《だいわ》書房
東京都文京区関口一－三三－四　〒一一二－〇〇一四
電話　〇三－三二〇三－四五一一

フォーマットデザイン　鈴木成一デザイン室
本文印刷　中央精版印刷
カバー印刷　山一印刷
製本　中央精版印刷

ISBN978-4-479-32061-6
乱丁本・落丁本はお取り替えいたします。
https://www.daiwashobo.co.jp